# 귀로 듣는
# 셰익스피어 이야기

| | |
|---|---|
| **기획 · 예술 감독** | 이규성 |
| **연출** | 박정의 |
| **르네상스 음악 감수 · 음악 감독** | 박승희 |
| **참가 극단** | 극단 초인 |
| **음원 녹음 및 mixing · 영상편집** | 이건희 |
| **도서편집** | 김상미 |


본 도서의 내용 녹음은 한국셰익스피어학회(http://www.sakorea.or.kr), 동국대학교 영어권문화연구소(https://english-culture.dongguk.edu/), 국립장애인도서관(www.nld.go.kr) 홈페이지 및 Youtube에서 "귀로 듣는 셰익스피어 이야기"(김한)를 검색하시면 청취하실 수 있습니다.

# 귀로 듣는 셰익스피어 이야기

시각장애인과 함께 사는

이 땅의 많은 사람들 - 눈뜬장님들 - 을 위하여

김한 지음

도서출판 동인

| | |
|---|---|
| 리어 | 오, 호, 너 바로 그것이 나에게 말하려는 것이지?<br>네 머리통엔 눈이 없고 네 지갑엔 돈이 없단 말이지?<br>. . . . 그러나 너는<br>이 세상이 어찌 돌아가는지 볼 수 있지. |
| 글로스터 | 저는 느낌으로 보지요. |
| 리어 | . . . . 사람은 눈 없이도 이 세상이<br>어떻게 돌아가는지 알 수 있지. 귀로 보는 거야. (*King Lear* 4.6.140-45) |

# 김한 교수님의 『귀로 듣는 셰익스피어 이야기』의 출간을 축하드리며

**황효식**
**한국셰익스피어학회 회장**

김한 교수님의 『귀로 듣는 셰익스피어 이야기』의 출간을 함께 기뻐하며 진심으로 축하드립니다. 김한 교수님께서는 33년 반을 동국대 영문과에 봉직하시며 열과 성을 다해 교육과 연구에 헌신하셨고, 한국셰익스피어학회에서는 최장기 임원으로 학회 발전에 기여해 오셨으며 이제는 우리 학회의 살아 있는 역사와 전설이 되신 분입니다. 퇴임 후에도 변함없이 꾸준한 학술활동을 학회에서 보여주시는 것은 물론, 연구 활동을 더욱 열심히 하고 계셔서 후학들에게 몸소 귀감이 되고 계십니다. 또한 아직도 배움의 길에서 자기 성장을 위해 노력하시는 가운데 최근에는 동국대 음악원 성악전공과정에 입학하셨습니다.

성악을 위한 정규 전공실기과정 진학은 단순한 음악 애호가적 차원을 넘어선 것으로 교수님께서 셰익스피어의 말기극을 연구하시던 중 셰익스피어 극에 나타난 음악의 중요성을 남달리 깨달으셨기 때문이라고 합니다. 이번에 출간되는 이 저작은 평소 교수님이 절차탁마 이루어 오신 셰익스피어에 대한 지론과 교수님의 무수한 셰익스피어 강의 및 학생공연 경험들이 한데 어우러져 소리라는 매체를 빌려 재탄생한 보석과도 같이 아름다운 결정들의 집약입니다.

셰익스피어의 극을 읽다 보면 대사 중에 "극을 듣는다"는 말이 자주 나옵니다. 셰익스피어 시대의 사람들은 관습적으로 극을 "듣는다"고 표현했다고 합니다. 우리가 흔히 생각하는 관객이라는 말이 영어로는 "오디언스"(audience)인데 이 말을 우리말로 정확히 옮기면 "청중"이니 "소리들 듣는 사람들"이라는 뜻입니다. 셰익스피어 시대의 극이 당시 공공극장(public theater)에서 운문으로 읊는 시극(poetic drama)이었고 극 중에 음악들이 많이 삽입되어 있었으니 배우들의 의상과 장면들이 주는 볼거리보다는 리듬을 밟는 대사나 음악적인 선율을 듣는 기능이 더 중요시 되었다는 것을 알 수 있습니다. 실제로 당시 공공극장의 무대는 장식과 소품들이 최소한만 구비된 텅 빈 무대(bare stage)였으니 셰익스피어 시대의 연극은 '보는 극'이 아니라 '듣는 극'이었다는 말이 결코 과장은 아니었던 것 같습니다.

그럼에도 불구하고 이번에 출간되는 김 교수님의 『귀로 듣는 셰익스피어 이야기』는 그동안 셰익스피어와 관련된 국내외 출판 관행을 생각해볼 때 매우 획기적인 시도입니다. 그리고 이러한 시도는 오늘날의 출판시장에서 오디오북의 리바이벌이라는 시대적 대세에 비추어볼 때도 매우 시의적절한 기획이라고 생각됩니다. 하지만 김 교수님께서 셰익스피어의 이야기를 문자 매체뿐만 아니라 소리 매체로 들려주는 구상을 하신 것은 이러한 오늘날의 시류와는 무관하게 이미 오래전부터 마음에 품어 오신 일이었다고 합니다.

이 책의 부제는 "시각장애인과, 함께 사는 이 땅의 많은 사람들 – 눈뜬장님들 – 을 위하여"라고 되어 있습니다. 서양 연극의 전통에서는 진실을 보지 못하는 이들이 흔히 눈뜬장님으로 묘사되고 있습니다. 반대로 눈먼 장님이 오히려 실체를 바로 보거나 장래에 대한 예언을 하는 능력을 가지고 있기도 합니다. 셰익스피어의 극도 이와 다르지 않습니다. 『리어 왕』에 나오는 글로스터 백작의 경우가 그러하듯이 눈이 있을 때는 실체를 보지 못하다가 시력을 잃고서야 진실에 대해 개안하는 역설을 보여주는 것이 셰익스피어의 극입니다. 그런데 사실 우리가 무대에서 보는 이러한 연극의 이야기는 다름이 아니라 우리가 삶의 현장에서 경험하게 되는 이야기들의 진수입니다.

하지만 이런 비유적 의미를 넘어 김 교수님께서 이 책을 "귀로 듣는 셰익스피어 이야기"로 기획하신 데는 실제로 시각장애를 가진 분들에게 셰익스피어를 글이 아닌 소리로 들려주기 위한 교수님의 따스한 배려의 마음이 자리 잡고 있습니다. 그런데 김 교수님께서 시각 장애자들에게 도움을 주시고자 특별히 『귀로 듣는 셰익스피어 이야기』를 출간하시고자 남달리 노력하신 데는 김 교수님의 특별한 가족사가 있기도 합니다. 이 저술의 기획 의도 중의 하나가 독립운동을 하시다가 겪은 고초로 말미암아 말년에 실명까지 하신 선친에 대한 애틋한 딸의 효심의 발로임을 알게 되면 우리의 마음은 일순간에 숙연해지지 않을 수 없습니다.

김 교수님의 남다른 사명감과 의지로 말미암아 『귀로 듣는 셰익스피어 이야기』가 세상에 드디어 문자와 함께 소리로 탄생됩니다. 젊은 학자도 한 개인의 힘으로 이루기 어려운 놀라운 성취를 정년 이후에 이렇게 훌륭히 이루신 김 교수님의 업적은 출판문화계와 학계 그리고 교육계의 관심과 찬사를 받아 마땅한 일이라고 생각합니다. 그리고 이 "귀로 듣는 셰익스피어 이야기" 프로젝트가 이처럼 성공적으로 마무리된 것은 21명의 전문예술인들이 코로나19 상황임에도 불구하고 방역 지침을 철저히 준수하는 가운데 열성적으로 한 자리에 모여 한 마음으로 최선의 노력을 기울여 주신 덕분입니다. 대사와 노래 하나하나에 혼신의 힘을 쏟아 셰익스피어의 메시지가 우리 존재의 밑바닥까지 울림을 가지고 전달되도록 애쓰신 이분들의 노고가 풍성한 결실을 맺어 이제 독자 - 청중과의 만남을 고대하고 있습니다.

평생의 연구와 교육을 바탕으로 한 김 교수님의 셰익스피어 대중화의 노력이 연극배우들과 성악가들, 그리고 르네상스 악기 연주자들의 순수한 열정과 만나 이룬 이 보기 드문 성취가 남녀노소를 막론하고 모두를 무궁무진한 셰익스피어의 세계로 인도하는 친절한 길라잡이가 될 줄로 믿어 의심치 않습니다. 끝으로 김 교수님의 건강과 행복을 기원하면서 다시 한 번 김 교수님의 『귀로 듣는 셰익스피어 이야기』의 출간을 함께 기뻐하며 진심으로 축하드립니다.

# 『귀로 듣는 셰익스피어 이야기』의 탄생을 감사하며

김한

## 1_ 동기

셰익스피어 당대의 관객은 "보러 가기보다는 들으러" 극장을 향했다는 말에 귀가 번쩍 뜨였다. 아! 그렇다면 시각장애인도 눈으로 읽지 않고서도 충분히 즐기고 누릴 수 있겠구나—『귀로 듣는 셰익스피어 이야기』를 통해서. 그 후 이것은 내가 이 땅을 떠나기 전 꼭 실천하고 싶었던 과제의 하나가 되었다.

## 2_ 시작

2018년 이 책을 구성하는 3부 중 1부를 탈고한 후, 연극배우들의 작품이해를 돕기 위한 수차례의 수업과 낭송 점검 후 녹음을 완성하니 2018년 9월 17일이었다. 나머지 부분이 완성되기까지 2년 반이 걸린 셈이다. 퇴임교수가 연구지원금 신청할 곳은 눈에 띄지 않은데다가 나 자신도 재원이 풍부하지 않은데도 제대로 잘 해 보고 싶은 마음은 좀처럼 수그러들지 않았다. 갈등과 고민 속에서 시간이 갔다.

### 3_ 작업과정: 우연이 가져다 준 선물들

우연이란 실로 기막히다. 돌이켜보면 모든 것은 우연으로 시작되었다. 40여 년 전 당시 한국대학에 전례가 없어 신선하게 다가왔던 동국대 '신규 교수 공채시험' 공고를 우연히 보게 되어 응시했고, 훌륭한 지원자들이 많았을 터인데 높은 점수를 얻게 되어 본교 출신도 아닌데다가 종교도 다른 나에게 동국대에서 가르칠 기회를 주었음에는 반드시 신의 특별한 뜻이 있음을 확신하며 감사하는 마음으로 33년 6개월을 재직했다.

그 중 31년간 영어연극반 지도교수를 하면서, 대학극이라 가능했던 자유로운 시도 덕분에 *King Oedipus*, *Antigone*, *As You Like It*, *Measure for Measure*, *The Winter's Tale* 등 한국 초연의 무대도 여러 차례 올릴 수 있었다. 몸은 고단했지만 (17년간 영문학과의 막내교수였던 나에게 맡겨진 주야간 수업은 늘 많았는데, 영어연극지도는 수업 후에 시작되었으므로), 함께 작업했던 영어연극반 학생들이 공연 때마다 선사해주던 놀라운 써프라이즈(surprise)를 한껏 즐기며 많은 것을 배웠다. 영어연극 공연의 의미는 스피치 실습, 나를 완전히 비우고 다른 인간이 되어보는 체험, 생생한 공동체훈련의 기회 제공을 훨씬 넘어선 것이었다. 동대 영어연극의 특징은 철저한 프람터(Prompter: 대사가 막힐 때를 대비해서 막 뒤에서 작은 소리로 다음 대사를 귀띔해 주는 자)의 제거였다.

그런데 *As You Like it*의 공연 때 문제가 생겼다. 가장 우수해서가 아니라 시원하게 잘 생긴데다가 따스하고 정감 가는 분위기 있는 눈매 때문에 여주인공 로잘린드(Rosalind)역으로 뽑혔던 여학생은 맡은 대사가 엄청나게 길었는데 – 그래서 이 역은 Hamlet 역에 비유되기도 하는데 – 도무지 외워지지가 않아서 공연 전날까지도 손에 쥔 극본을 못 놓고 리허설 무대에 올라가 지켜보는 모두를 애태웠다. 모두가 입이 마르고 속이 타들어가는 데도 아무도 전통을 깨고 대사를 자르거나 프람터를 세우자는 제안은 없었다. 막이 올랐다. 놀랍게도 일단 막이 오르자 갓 스무 살 난 이 무대 초년생은 그 긴 대사를 막힘없이 다 해내는 것이었다! 목 금 토 일 8회 공연 모두 잘 마쳐냈을 때의 환희란!

*Measure for Measure*의 공작 역의 경우는 더욱 심각했다. 귀티 나는 흰 피부와 훤칠한 키와 듬직한 덩치가 공작 감이라 공작으로 뽑힌 그는 가장 암기를 못하는 자신에게 가장 긴 대사가 주어졌음을 운명처럼 받아들이고, 죽을 기를 쓰고 연습을 했는데도 공연 사흘 전까지도 대사 도중에 뚝뚝 끊어지기 일쑤였다. 그대로 막이 올랐다. 놀랍게도 첫 공연에서 한 번도 끊어짐이 없이 끝까지 가는 기적이 일어났고, 그 기적은 일요 저녁 마지막 공연까지 지속되었다! – 전혀 대사의 축약도 프람터도 없이. 마지막 공연이 끝난 후 세트를 뜯어내고 무대정리를 하는 그의 팔다리는 희열로 반짝 반짝 빛을 발하며 나는 듯 했다. 그리고 똑같은 기적을 *King Oedipus*의 Oedipus 역을 통해 보았다! 나는 한국 젊은이의 놀라운 가능성을 생생하게 목격했다.

동대 영어연극 *Macbeth* 공연이 전국대학생 영어연극 중에서 한국셰익스피어학회 창립 30주년 기념 한국대학생 영어연극 대표공연으로 뽑히는 고무적인 쾌거가 있었다! 영국 캠브리지대학교에서 오신 Ann Barton 교수를 위시하여 텍스트 위주 비평(textual approach) 접근법의 대표주자인 서울대 이경식 교수님 등 세계적인 셰익스피어 학자들이 참석했던 한국 셰익스피어 학회 창립 30주년 기념 국제학술대회가 끝난 후 토요일 저녁 공연을 보러 오신 교수님들은 한국 대학생의 역량에 경탄하며 얼마나 즐기셨던지! (그리도 엄격하고 깐깐하신 이경식 교수님이 그렇게 활짝 웃으시는 얼굴은 처음 보았다.) 그 중 한 영국교수님은 신바람이 나신 나머지 마지막 관객이 다 떠나간 빈 극장에서 떠나실 생각도 잊은 듯 Lady Macbeth 역(졸업 후 전문배우가 되었고 큰 극단의 대표가 된)을 맡은 여학생을 옆에 앉혀 놓고 스피치의 리듬을 좀 더 살려달라는 주문을 하시며 직접 훈련까지 시켜주시던 기억이 아직도 생생하다.

연극반원 중에는 졸업 후 극단 대표 겸 연출가로서 연극과 출신 못지않은 역량을 발휘하며 오직 연극인의 길을 걸어온 연출가도 있다. 그 중의 한 명이 이번 책의 1부와 3부의 낭송 연출을 맡은 연출가 박정의이다. 본 낭송을 맡았던 배우들 모두는 박정의가 학생시절 받았던 것과 꼭 같은 작품공부와 훈련과정을 가졌고 저들은 즐기면서 흔쾌히 감내했다. 젊은 프로답게 열심히 연구하며 연습한 덕분에 그들의 낭송은 좋았다. 그러나 "좀 더" 하는 욕심이 발동할 때마다 나는 NG를 내고, 더한 것을 주문했는데 그들은 매번 겸허하게 나의 지적들을 감사하게 받아들이며, 즉각 변화를 보여주는 것이었다!

녹음작업이야말로 녹록치 않았다. 녹음이 시작되면 소음방지를 위해 난방을 껐고 밀폐된 공간인 녹음실은 코로나19 사태 이후의 운영지침에 따라 어떤 혹한에도 매 시간마다 주기적으로 온 창문을 활짝 열고 환기시키기를 반복해야 했다. 그렇게 이번 3부의 녹음은 1월 30일 12시간에 걸쳐 완성되었다. 코로나19 덕분에 모든 연극 공연이 – 모든 음악회들이 그랬듯이 – 연기되기를 거듭하다가 11월에서 12월에 걸쳐서 개최되었던 고로, 애당초 11월에 잡았던 녹음 일정은 1월로 미루어졌다. 이번 2부를 맡았던 연주팀 또한 그들의 연주회 일정이 완전히 끝나기를 기다려 1월로 연기해야 했다.

여러 연주자들과 반주자들과 악기(르네상스음악과 피아노는 너무 안 어울려 대신 당대의 쳄발로를 쓰기로 결정, 그런데 녹음실까지의 운반비가 25만원 왕복 50만원이 들었다)와 공통 일정을 맞추는 일은 쉽지 않았는데, 무척 걱정했으나 다행히 6시간씩 녹음실을 잡아놓았던 1월 22일과 23일은 혹한의 날씨가 아니어서, 12곡의 노래 연주 녹음을 마치는 동안 단 한 번의 기침도 발생하지 않고 무사히 완성할 수 있었다.

우연이 가져다 준 또 하나의 고마운 선물은 이규성 교수님과의 만남이다. 말의 천재였던 셰익스피어는 결국 언어의 한계를 느끼며 노래와 음악을 극에 깔았는데 음악의 사용은 말기극으로 갈수록 증대되고 있다. 말이 끝나는 곳에 시작되는 음악! 셰익스피어 극에서의 노래와 음악의 극적 기능은 어떤 것일까? 결국 이것은 부족한 채로 평생 셰익스피어 전공자로서 35년 간 한국의 대학생들에게 그의 극을 가르치며 살아왔던 나에게 마지막 관심 주제로 다가왔다.

그래서 나는 은퇴 후 동국대 음악원 성악 과정에 입학을 시도했는데 고령의 아마추어 학생으로서 분에 넘치는 선물이라고 말할 수밖에 없는 훌륭한 지도교수님을 만나게 되었다. 일찍이 마리아 칼라스 국제 콩쿠르에서 무려 12곡의 통과를 거쳐 한국인 최초로 우승하신 (스포츠로 치면 올림픽 금메달리스트이신) 이규성 교수님. 선한 눈만큼이나 선한 행위를 실천하고 살아오신 교수님께서 이번 계획의 취지에 적극 공감하시고 기획과 총 예술감독을 선선히 맡아주셨기에 전적으로 완성이 가능했다!

한 재단이 지원할 만한 규모의 일을 이렇다 할 재력도 없이 의지하나로 시작을 벌려 한 꼭지 완성하고는 흘러가는 시간을 안타까워하며 고민하는 나의 모습이 아마 하늘 저편에 계신 그 분이 내려다보시기에도 딱했던가? 긍휼히 여긴 그분이 개입해 준 덕분인지, 최소한의 예의에 불과한 사례비에도 불구하고 참가해 주시기로 한 연주자들은 성실하고도 빼어난 정상급 연주자들이었다! 준비과정에서부터 녹음이 끝나는 순간까지 겸허한 자세로 올인하며, 인생에서 자신의 길로 선택한 음악에 대한 뜨거운 사랑을 가지고 열과 성을 다하는 모습이란! 아마도 그 얼굴들이야말로 가장 아름다운 인간의 얼굴들이리라. 햄릿이 고백하듯 인간은 큰 나무등걸을 도끼로 내려치는 시작의 행위만 벌일 뿐, 다듬어 조각품으로 완성해가고, 마무리 짓는 것은 신의 손임을 체험했다.

## 3_ 다시 만나는 동시대인 셰익스피어

스트랫포드라는 작은 읍내에서 태어나 학교가 싫어, 다니던 중등학교를 15세 때 자퇴하고 다시는 학교로 돌아가지 않았던 가방끈 짧은 셰익스피어. 당대의 대표적인 극작가들이 옥스포드, 캠브리지 출신들인데도 그들을 제치고 자신의 극이 대박 날 때마다 자신에게 쏟아졌던 무수한 질시 섞인 혹평으로부터 그는 어떻게 견디어냈으며, 그리도 선선하게 자유로울 수 있었을까? 셰익스피어는 자신이 처한 거칠고 죽음의 위험이 난무하던 환경 속에서도 어떻게 '드물게 적이 없었던 사람' '온화한 인간'으로 기록될 수 있었을까?

1596년 셰익스피어가 32세 되던 해 단 하나의 아들 햄넷(Hamnet)이 11살의 나이에 알려지지 않은 이유로 죽었다. *King John*에도 나오는 이 아픔을 어떻게 극복할 수 있었을까? 그는 아이를 잃은 후 3, 4년 동안에 그의 극 중에서 가장 유쾌한 작품을 써내고 있다. 이 기간 동안 그의 가장 익살스런 인물인 폴스탚(Falstaff)을 위시하여, 헬(Hal) 왕자, 헨리 5세 왕, 베아트리체(Beatrice), 베네디크(Benedic), 로잘린드(Rosalind), 올란도(Orlando) 등 젊은 활기와 재치가 넘치는 인물들과, 그의 대표적인 낭만희극 『12야』의 여주인공인 생명감 넘치는 가장 매력적인 여성인물 비올러(Viola)와 흥쾌하고 익살스런 술주정꾼 토비 벨치 경(Sir Toby Belch)과 같은 인물들을 창조했다. 이 힘은 어디서 나오는 것일까? 아마도 그는 이렇게 말하는 듯하다. "고통이여, 슬픔이여, 근심 걱정이여 오라, 나 기꺼이 웃음으로 맞이하리라."

고향을 떠나온 그가 도착한 당시의 런던은 역병의 폭풍으로 지난 수년간 인구의 1/6이 감소했고, 평균수명이 30세밖에 되지 않던 실로 위험천만한 곳이었다. 이 위험천만한 자리가 위대한 한 영혼을 탄생시킨 자리였다! 그리고 코로나19의 폭풍 속을 걷고 있는 우리가 처한 오늘의 상황에서 우리는 다시금 동시대인 셰익스피어를 만난다. 그리고 그의 이야기가 새삼 궁금해진다.

## 4_ 벙거지 속에서 시력을 잃어 간 아버지 이야기

1967년 6월에 돌아가신 아버지께 감사드린다. 아버지는 남달리 동물들을 사랑하던 딸이 좋은 의사감인 줄 아시고 의대 갈 공부를 시켜왔던 어머니를 설득시켜 내 뜻대로 문학을 전공하도록 도와주셨다. "6.25같은 기막힌 소재가 있는 한국에서 노벨문학상이 안 나온 것은 통탄할 일"이라는 거국적인 이유까지 들어서 영문학지망을 축복해주셨다.

나는 아버지를 사랑했으나 다 이해할 수 없었다. 신의주 고등보통학교와 일본 메이지대학 법학과를 나오신 아버지는 대법원 판사를 위시해서 정계 도처에 자리잡은 여러 동창들의 "나와서 같이 일해보자"는 권면들을 일체 묵살하셨다. "내가 생각하는 정의를 펼 수가 없다"고 하시며 "나는 나로서 애국하는 일을 찾겠노라"고 하셨다. 아버지가 돌아가시기 전까지 하셨던 마지막 일은, 재산 가치와는 전혀 무관한 – 전국 곳곳에서 가장 황무지인 벌거숭이산을 하나씩 사들여 나무를 심고 개간하는 일이었다.

동경 유학을 마치고 만주로 건너가셨던 아버지는 운수업을 통해 기반을 잡은 후 한국 청년들에게 일자리들을 제공하면서 "조선인의 긍지를 잃지 않기를" 자나 깨나 강조하셨다. 저들의 정체성을 확립해주고 정신적인 울타리가 되어줄 "조선민회(朝鮮民會)"를 세우시고 특히 조선청년들의 자주 독립심과 자긍심을 고취하는 일에 역점을 두셨다. 만주 땅에서 이렇다 할 정신적 지주도, 확립된 가치관도, 비전도 꿈도 없이 홀홀히 하루하루를 살아가던 조선 청년들은 아버지로부터 큰 힘과 용기를 얻었던 것 같다. 존경과 신뢰를 느끼는 아버지에게서 정신적인 아버지를 찾은 듯 아버지의 뜻을 따르며 살기로 결심하는 조선 청년들이 차츰 차츰 늘어갔다. 첫째로 애국하는 길은 먼저 '자신의 자리에서 자기의 일에 충실하는 것'이라는 아버지의 철학을 받아들여 실천하며 살아가면서, 힘과 용기를 잃지 않고 한국인의 긍지를 가지고 살아가는 삶을 몸으로 터득해갔다. 이러한 조선인들이 늘어갈수록

'기관' 측에서는 앞으로 조선민회가 끼칠 수 있는 영향력의 잠재적 가능성이 크나큰 위협으로 다가왔던 것 같다.

어둑어둑해질 무렵이면 '좀 가셔서 조사받으셔야겠습니다.'라는 말과 함께 '문득 조용히 들이닥치는 누군가'에 의해 아버지는 연행되어 가셨다. 그렇게 외출용 바지로 갈아입고 집을 나섰던 아버지는 며칠 만에 피범벅이 되어 돌아오시곤 했다. 벙거지를 씌운 채 혹독하게 당한 구타로 아버지는 결국 고혈압과 어두운 시력과 싸우시다가 완전 실명상태에서 뇌출혈로 돌아가셨다.

저렇게 은밀하고도 조용히 그리고 꾸준하고도 끈질기게 지속되었던 연행과 고문이 언제까지 얼마간 계속되었고 어떻게 멈추게 됐는지 알 수가 없다. 확실한 것은 아버지는 자신이 하는 일이 옳다는 신념으로, 자신의 행위와 선택에 책임지면서, 한 발자국도 물러나지 않고 바로 그 현장 한복판에 서서, 닥쳐오는 모든 것을 맞아들이며 견디어 낼 수 있었던 놀라운 사실이다. (아버지와 한편이 되어 도우셨을 신께 감사드린다. 그 신은 아마도) 고문의 채찍을 든 자로 하여금—영웅 부재의 현대에서—한 조선 민간인에게서 '진정한 영웅적 면모'를 목격하도록 인도한 후 증오나 분노와는 다른 차원의 전율을 일으켰으리라.

6.25때 평양에서 피난 내려온 우리 부모님은 부산에 정착했고, 오빠 둘과 나 우리 삼 남매는 서울의 장위동 이모님 댁에서 가까운 곳에 자리한 조그만 국민주택에서 살며 학교를 다녔다. 아버지는 삼 남매가 서울 유학생활을 하던 이 집의 이름을 지성사(智省舍)라고 짓고 간판을 달아주셨다. 1964년 1월 지성사 간판 아래 아버지가 보낸 엽서 한 장이 흰 눈 위에 떨어져 있었다. "사랑하는 착한 내 딸아, 凡事에 감사하라. 萬事에 誠誠誠하고 誠하라. 아빠가." 이것이 아버지로부터 받은 마지막 엽서였다(이후 돌아가시기 3년 반 동안 아버지는 더 이상 엽서 한 장 쓰실 수 없는 실명상태의 고통을 홀로 묵묵히 감수하시다 가신 것이었다).

## 5_ 수고와 보상

『한여름 밤의 꿈』에서 헬레나는 탄식한다. 이제까지 자신이 열렬히 사랑할수록 자신을 거세게 내치며 더욱더 멀어져 가는 드미트리우스. 그를 뒤쫓아 숲으로 들어온 그녀는 탈진한 채 이 경주와 노력이 아무 소용없고, 기도를 올릴수록 효험이 없어진다고 하며 절망한다.

> 아 이 경주에 숨이 끊어질 것 같아.
> 기도를 하면 할수록 효험이 줄어드는구나! (2.2.64)

이 절망은 그녀가 그토록 사랑하던 드미트리우스가 사랑의 고백을 해올 때 그 고백의 진실을 읽을 수 없는 채 조롱으로 받아들이며 더 깊이깊이 상처받도록 인도한다.

수고와 보상은 결코 정비례하지 않는다. 그러나 헬레나의 탄식이 보여주는 것처럼 반비례하지도 않는다. 수고와 보상의 차원은 다를 뿐이라는 진리를 이 희극을 통해 듣는다.

아버지 또한 이 사실을 일찍이 간파하셨던 것 같다. 결코 억울하다고 이를 가시는 것을 보이는 적이 없었던 아버지는 가끔 이스라엘 속담을 들려주셨다. "선한 행위와 선한 힘을 발휘할 수 있음 자체가 이미 보상을 받은 것이다. 악한 행위를 하는 자는 그가 악한 행위를 하는 것 자체로서 이미 벌을 받은 것이다."

선한 힘을 지니고 선한 행위를 하는 것 자체를 보상으로 믿으며 살다 가신 아버지. 그리고 옳다고 생각한 대로 실천했던 선한 행위의 대가로 오랫동안 어두운 눈으로 고생하시다가 결국 실명의 고통을 겪다가 돌아가신 아버지께 『귀로 듣는 셰익스피어 이야기』를 바친다. 셰익스피어 공부를 시작할 수 있게 해주셨던 아버지와 함께 오늘 이 소중한 결실을 보도록 여기까지 인도해준 하늘에 계신 아버지께서도 기뻐해 주시리라 믿으며 감사드린다.

## 6_ 바다가 주는 기적, 궁극적인 승리자는 은총

셰익스피어의 말기극(last plays)의 첫 극『페리클레스』의 주인공 페리클레스는 돛에 매달려 세 번의 폭풍우를 통과해간다. 갑판을 부수는 혹심한 바다를 견디며 페리클레스는 바다의 격노에 필적할만한 인간의 외침이 존재하지 않음을 체험한다. 페리클레스가 체험하듯이 인생은 변덕스럽고 언제나 변화무쌍하며 항상 태풍이 일고 있는 바다요, 인간은 매분이 생을 위협하는 바다위에 선 항해자일 뿐이다(*Pericles* 1.1.24).

또한 페리클레스는 바다가 일으키는 놀라운 역사를 체험한다. 바다는 딸을 태어나게 했다가 묻었다가 다시 찾아주었다! 5막 1장에서 페리클레스는 마침내 잃었던 딸을 마주하게 된다. 그로부터 딸을 앗아갔던 바다는 그 선물—바다의 아이 마리나—을 통해 새 딸을 안겨 준다. 자신이 낳은 아이를 통해 다시 자신을 태어나게 하는 기적! 바다가 일으키는 기적에 경탄하며 페리클레스는 고백한다. "너는 네 아비를 다시 태어나게 하는구나."(5.1.197) 아! 조상 죄는 자식에게 유전되지 않으며 대물림하지 않는다는 셰익스피어의 믿음을 받아들일 수 있는 한, 저 놀라운 바다가 실재하는 한, 우리에게 살아갈 희망이 있다!

우리의 인생에서 궁극적인 승리자는 누구인가? 셰익스피어의 말기극 중 세 번째 극인『겨울 이야기』에서 우리는 그 대답을 확실히 듣는다. 이 극의 대단원이 되고 있는 장면에서 16년 전에 죽은 줄 알았던 왕비 허미온의 동상이 음악이 울려 퍼지는 가운데 신성한 의식을 집전하는 사제 역을 연출하는 폴리나의 인도에 따라, 생명을 입고 제단에서 걸어 내려온다. 왕은 아내를 포옹한다.

터무니없는 자신의 판단 착오로 무고한 아내를 간음죄로 기소하는 공개재판의 충격으로 죽음으로 몰고 간 자신의 죄에 대한 자책과 비탄과 절망의 16년의 세월에 종지부를 찍는 이 해후장면은 잃었던 딸 퍼디타와, 어머니, 아버지와의 해후를 보여준다. 이 결정적인 장면에서 셰익스피어는 마지막 말을 허미온의 대사에 담아 전해준다.

> 신들이시여, 내려다보소서. 그리고 당신의 신성한 잔들로부터 나의 딸의 머리 위에 은총을 부어주소서. (5.3.147-49)

시간은 짓기도 하고 부수기도 한다. 인간이 피해갈 수 없는 시간의 힘은 막강하다. 그러나 최후의 승리자는 시간이 아니다. 시간이 인간의 뺨을 축낼 수는 있어도 정신을 축낼 수 없는 한, 인간은 시간에 놀아나는 바보가 아님을 우리는 허미온을 통해 목격한다. 그리고 허미온을 통해 셰익스피어는 분명히 말한다—궁극적인 승리자는 은총임을!

이 땅 위에 선 우리를 에워싸고 흐르는 모든 시내와 지류들은 머리카락 하나의 틈새 없이 바다에 연결되고 있다. 인생 또한 과거로부터 현재와 미래에 걸쳐 일어나는 모든 일들은 궁극적으로 은총이라는 큰 대양으로 머리카락 한 올의 틈새도 없이 연결되어 있다면?—그렇게 맞닿도록 연결 지어주는 '저 보이지 않는 신의 손가락들'에 의해서.

어쩌면 신의 영감을 받아 "큰 지혜"에 통달한 셰익스피어였기에 궁극적으로 은총이라는 큰 대양으로 인도하는 저 보이지 않는 손의 실재를 생생하게 깨달을 수 있지 않았을까? 그 믿음이 그로 하여금 그의 인생에서의 가장 힘들었을 시간(1596-1600)에 그 고통을 기틀로 다른 인간에게 즐거움을 줄 선물을 마련하는 기적의 창조가 가능하지 않았을까?

## 7_ 감사드리며

힘든 시절인데도 본 녹음과 곁들여볼 수 있도록 그 대본인 이 책의 출간을 맡아주신 도서출판 동인의 이성모 대표님께 심심한 사의를 표한다. 눈이 있으되 제 자식도 못 알아보는, 죽을 때까지 눈뜬장님이라는 혐의를 면할 수 없는 이 땅의 인간들에게서 시각장애인과 정상인이라는 구분은 해체되고 있다. 그런 의미에서 이 책과 이 책의 녹음이 대상으로 하는 독자와 청중은 이 땅의 모든 인간이다.

책 안 읽는 시대—더구나 유용성의 이름으로 실용주의 위주의 교육이 셰익스피어를 불필요한 과목으로 밀어내고 있는 오늘날의 풍토에서, 이 책—과 녹음—을 통해 셰익스피어에게 보다 쉽게 다가가, 즐거움을 누리고, 인간과 세상에 대한 그의 심원한 통찰력을 배울 수 있다면, 그리하여 "이 세상에는 유용성도 있으나 축복도 존재"함을 몸소 체험할 수 있다면 더할 나위 없이 반가울 것이다.

이 자료가 교육 자료로서 요긴하게 쓰일 것에 대한 희망찬 기대를 표명하시며 큰 응원으로 힘이 되어주셨던 한국셰익스피어학회 황효식 회장님께 감사드린다. 결코 쉽지 않았던 부제 결정의 과정에서 황 회장님의 아이디어가 큰 도움이 되었다. 이 책의 출간을 진심으로 축하해주시며, 새 학년도 개학을 앞두고 일 년 중 가장 바쁜 와중에도 일부러 시간을 내어 공들여 정성어린 축사를 써주시니 가슴이 뭉클해진다.

또한 성악가가 우리말로 부를 수 있도록 음원에 맞추어 번역해주십사는 어렵고 인내를 요하는 부탁을 선선히 들어주시고 소중한 노래해설을 써주신 김해룡 교수님(전 한일장신대)과 이영주 교수님(장안대)께 큰 감사를 드린다. 음악에도 조예가 깊으시고, 진지하고 철저한 학문적 자세로 글쓰기가 엄청 깐깐한 이 분들이 탄생시킨, 음원과 의미를 동시에 살린, 셰익스피어 노래번역과, 노래해설은 독자들과 청중에게 큰 선물이 아닐 수 없다.

재직 시나 은퇴 후나 꼭 같은 믿음과 우정으로 반겨주시는 동국대 영어권문화연구소 소장 노헌균 교수님과 이 책의 편집을 맡은 본 연구소 연구원 김상미 박사의 수고에 감사드린다. 엉성한 나 그대로를 받아주고 내가 벌이는 어떤 일에도 응원으로 힘이 되어주는 나를 사랑해주는 모든 분들께 감사와 사랑을 전하고 싶다. 그리고 척추협착으로 아픈 내 등의 치유를 위해 온 정성을 실어 주시는—그리하여

이 책의 탈고를 가능하게 해주신 홀리스틱 바디워크(Holistic Bodywork)의 원장님 최홍택 교수님의 약손에 감사드린다. 평생 글쓰기가 고통스러운 나의 더딘 탈고를 묵묵히 인내하며 좋은 책 만들기를 위해 오늘도 최선을 다하는 도서출판 동인의 좋으신 직원들에게 진심으로 감사드린다.

2021년 2월 25일

봄이 오는 문턱 봉화산 자락에서

| 차례 |


**축하의 글** | 김한 교수님의 『귀로 듣는 셰익스피어 이야기』의 출간을 축하드리며 • 5

**발간에 부쳐** | 『귀로 듣는 셰익스피어 이야기』의 탄생을 감사하며 • 9

**1부**  **배우들의 낭송을 통해 듣는 셰익스피어의 명대사·명장면**

**1장 셰익스피어의 인간 이야기** 29

1. 세상은 바보들의 무대: 인간은 눈뜬장님들 30

1) 죽어야 제대로 알아보는 바보들 30

2) 자식을 보고도 못 알아보는 바보들 31

3) 겉모습 아래의 진짜 모습을 못 보는 바보들 32

2. 구별이 알쏭달쏭한 세계 33

1) 아름다운 것은 추한 것, 추한 것은 아름다운 것 33

2-1) 누가 재판관이고 누가 도둑인가, "Handy-Dandy"의 세계 34

2-2) 누가 유대인이고 누가 기독교인 상인이요 35
3. 이름: 손도 팔도 얼굴도 아무것도 아닌 이름이 도대체 뭐기에 36
4. 영광: 내 엉덩이 아래서 터져버릴 공기주머니를 타고 헤엄치며 헤매던 영광의 바다란 37
5. 왕관: 황금왕관은 두 개의 두레박이 달린 우물 38
6. 살 것이냐 죽을 것이냐, 무엇이 덜 무서울까 39
7. 인간은 만물의 영장인가, 분수껏 대하면 회초리를 면할 인간이란 없거늘 40
8. 인생은 장르의 혼합 41
1) 클레오파트라의 장엄한 마지막 의식 끝의 물음, "고것이 나도 깨물까?" 41
2) 아저씨, 참으세요. 수영하기엔 고약한 밤이잖아요 42
3) 나쁜 놈, 모조리 마셔버리다니 43
9. 자연의 이중성: 폭풍우와 동시에 햇살이 43
10. 좋고 나쁜 것은 생각하기에 달렸지 45
11. 네가 죽어가는 것을 보았을 때 난 새 생명을 보았지 46

## 2장 셰익스피어의 세상 이야기

1. 인간은 배우, 세계는 하나의 무대 48
1) 인생은 7막짜리 연극 48
2) 인간은 가련한 배우 49
3-1) 에필로그: 배우들은 그림자 같은 존재, 우리 인생은 한바탕 꿈 50
3-2) 꿈과 같은 자료들로 엮어진 인생 51
4) 인생은 영원히 불완전한 연극 52
5) 인간의 삶이란 '하나'라고 셀 동안에 일어나는 일회적인 연극 53
2. 밥 먹기만큼 합법적인 마술 55
3. 예술 우위에 서는 자연 56
1) 초가도 궁궐도 똑같이 비추는 해 56
2) 마법보다 강렬한 연민 57
4. 말이 끝나는 곳에 음악이 58

5. 그럼에도 불구하고 59

1) 불행이 선사하는 기적 59

2-1) 이유와 척도 저편에: "아무 이유 없습니다. 없습니다." 62

2-2) 줄리엣의 신비로운 경제학: 당신에게 주면 줄수록 나는 더 갖게 되지요 64

3) 죽음만큼 강력한 사랑 64

## 노래와 음악을 통해 듣는 셰익스피어 이야기

### 연주곡 목차

첫 번째 곡. O mistress mine (*Twelfth Night* 2.3) 71

두 번째 곡. When that I was a little tiny boy (*Twelfth Night* 5.1) 71

세 번째 곡. How should I your true love know? (*Hamlet* 4.5) 72

네 번째 곡. I loathe that I did love (*Hamlet* 5.1) 73

다섯 번째 곡. And let me the canakin clink (*Othello* 2.3) 74

여섯 번째 곡. The willow song (*Othello* 4.3) 74

일곱 번째 곡. Take, O Take those lips away (*Measure for Measure* 4.1) 75

여덟 번째 곡. It was a lover and his lass (*As you like it* 5.3) 75

아홉 번째 곡. Greensleeves (출처: *The Merry Wives of Windsor* 2.1, 5.5) 76

열 번째 곡. Blow, blow thou winter wind (*As you like it* 2.7 174-190) 77

열한 번째 곡. Full Fathom Five (*The Tempest* 1.2) 78

열두 번째 곡. Where the Bee Sucks (*The Tempest* 5.1) 79

역자의 노래해설: 김해룡·이영주·김한 80

## 3부 귀로 듣는 셰익스피어 이야기

### 1장 셰익스피어, 그는 누구인가 105

1. 오늘날 왜 셰익스피어를 배우는가 105
2. 극작 목표 107
3. 셰익스피어 시대, 초기 현대 107
4. 당대의 우주관의 이해를 위해 기억해둘 만한 세 가지 개념 110
5. 그는 어떤 인간인가, 'Gentle Shakespeare' 113
6. 그는 어떤 작가인가, 르네상스 대중극장의 '자유분방한 작가' 116
7. 셰익스피어의 성취에 대한 평가 119
8. 셰익스피어의 무대와 극장 120
9. 셰익스피어 극 읽기 전략: 시작부와 끝 살펴보기 122
   1) 『리어왕』 123
   2) 『맥베스』 124
   3) 『햄릿』 129
   4) 『오셀로』 130

### 2장 귀를 통해 새롭게 읽는 『한여름 밤의 꿈』 132

1. 들어가며 132
   1) 아테네와 숲 133
   2) 요정들 136
2. 등장인물들과 "바보 쇼" 139
3. 나오며 146

3장 귀를 통해 새롭게 읽는 『로미오와 줄리엣』 148
1. 들어가며 148
2. 연인들의 만남과 기억할 만한 대사들 살펴보기 151
1) 첫 만남: 사랑의 시작 151
2) 두 번째 만남: 무도회가 끝난 밤 153
3) 결혼, 추방, 죽음 157
3. 나오며 161

1부

# 배우들의 낭송을 통해 듣는 셰익스피어의 명대사 · 명장면

16세기 영국의 뮤지션들

1부는 2015년 11월 17일 명동예술극장에서 〈셰익스피어 탄생 450주년 기념 시민인문강좌〉(한국셰익스피어학회 주최, 한국연구재단 & 교육부 후원)의 하나로 열렸던 필자의 강연, "인간이란 무엇인가? 셰익스피어의 인간학"을 수정 · 보완한 내용을 포함하고 있음을 밝힌다.

1장

# 셰익스피어의 인간 이야기[1)]

1) 이 책이 인용하는 모든 셰익스피어 텍스트는 캠브리지 대학교 출판사(The Cambridge University Press)의 *The New Cambridge Shakespeare*를 쓰고 있음을 밝힌다. 우리말 번역은 김재남 교수의 셰익스피어 전집 3정판(을지서적 1995)을 참고했고 달라진 부분은 필자의 번역임을 밝힌다. 『리어왕』은 필자의 번역주석본(도서출판 동인 2016)을 참조했다.

김재남 교수(1922.1.22-2003.10.1)는 동국대학교 영어영문학과 교수를 역임했다. 1944년 경성제대 법문학부 영어영문학과 2학년이던 22세 때 셰익스피어 전집을 우리말로 번역하고 싶다는 생각이 들어 우리말 번역 시작. 전집 번역을 완성하니 20년이 지났고 42세가 되었다. 1964년에 나온 김재남 셰익스피어 전집은 우리나라가 세계에서 한 언어로 전집 번역이 완성된 7번째 나라가 되게 했다. 또 한 한사람에 의한 셰익스피어 전집 번역이 나온 세 번째 나라가 되게 하였다. 출판이 가능하도록 번역원고를 2백자 원고지에 옮기고 맞춤법에 맞추어 정서하는 방대한 작업을 평생 동안 수행해온 성하길 사모(1921.9.23-2021.3.10)의 깊은 사랑에 감사드리며 최근에 별세하신 고인의 명복을 빈다.

1995년에 세 번째 수정본인 김재남 셰익스피어전집 3정판이 나왔다. 이 책의 2부에 수록된 노래들 중 1, 2, 3, 7, 8, 11, 12번째 노래의 번역은 이 3정판에 수록되어 있다.

## 1. 세상은 바보들의 무대: 인간은 눈뜬장님들

리어 우리가 세상에 태어날 때 우는 것은 이 커다란
바보들의 무대에 오게 된 것이 서러워서 우는 거라네. (4.5.174-75)

실로 이 세상이라는 커다란 무대는 어리석은 자들로 채워져 있습니다.

### 1) 죽어야 제대로 알아보는 바보들

『리어왕』 1막 1장, 소위 왕국 분할 장면에서 리어왕은 남은 생을 홀가분하게 보내기 위해 자신은 왕이라는 칭호만 유지하고 모든 권력을 자식들에게 양도하겠다고 발표합니다. 리어왕은 자신에 대한 사랑을 유창한 말로 만족스럽게 표현한 첫째 딸과 둘째 딸에게 왕국의 절반씩을 하사합니다. 하지만 공공연한 자리에서 아버지를 만족시킬 어떤 달콤한 말도 할 수 없었던 막내딸 코델리아는 아버지의 저주만을 지참금으로 받은 채 프랑스로 떠나가게 됩니다. 나중에야 리어는 깨닫죠. 오직 권력을 쥐었을 때만 아버지에게 존경을 바친 언니들과 달리, 코델리아만이 언제나 변함없이 자신을 사랑해줄 딸임을. 리어가 그녀의 가치를 온전히 깨달은 길은 오직 그녀의 상실을 통해서였습니다. 결국, 리어는 코델리아의 주검을 안고 절규하며 숨을 거둡니다.

리어 내 불쌍한 바보가 교수형에 처해졌소. 생명이 사라졌소, 사라졌소, 사라졌소.

한 마리의 개도, 말도, 쥐새끼도 생명이 있는데, 왜 넌 전혀 숨을 쉬지 않느냐?
넌 다시는 돌아오지 않겠구나, 다시는, 다시는, 다시는, 다시는, 다시는! [*죽는다.*]
(5.3.279-82)

이 마지막 장면은 『로미오와 줄리엣』의 마지막 장면에서 자식들의 주검을 내려다보는 캐풀릿 가와 몬태규 가의 두 가장의 모습을 연상시킵니다. 그들이 자기 자식들의 진정한 가치를 제대로 알아보게 된 것은 오로지 자식들의 죽음을 통해서였습니다. 이 얼마나 한심한 바보들입니까?

### 2) 자식을 보고도 못 알아보는 바보들

『베니스의 상인』 2막 2장에서, 고보는 아들 란슬로트가 하인으로 일하는 집 주인인 유대인에게 비둘기 고기 한 접시를 드리려고 그 유대인의 집을 찾아 나섭니다. 고보는 마침 길에서 아들을 마주치지만, 눈이 침침해서 못 알아보고, 아들에게 유대인 양반네 집으로 가는 길을 묻습니다. 자기가 아들이라고 말해도 여전히 몰라보는 고보에게 란슬로트는 말합니다. 시력이 어떻든 간에 현명한 아비만이 자기 자식을 알아보는 법이라고.

**란슬로트** 헌데 아버님, 절 몰라보시겠습니까?
**고보** 아, 눈이 침침한 청맹과니가 돼놔서 댁이 누구신지 몰라보겠구려.
**란슬로트** 아니죠. 아버지는 눈이 멀쩡하더라도 절 몰라보실 겁니다.
글쎄, 자기 자식을 알아보는 아비는 현명한 아비라잖습니까? (2.2.47-63)

리어왕도 줄리엣과 로미오의 부모들도 결코 눈이 침침한 청맹과니가 아니었습니다.

멀쩡한 눈이 있으되 자식조차 제대로 볼 수 없는 인간들이 이 세상엔 얼마나 많은지?

### 3) 겉모습 아래의 진짜 모습을 못 보는 바보들

셰익스피어의 희극 『헛소동』은 *Much Ado about Nothing*이라는 제목처럼 외양을 중요시했던 '메시나'라는 도시에서 일어난 '결국 아무것도 아닌 일에 대한 대소동'을 다루고 있습니다. 셰익스피어는 이 희극을 통해서 겉으로 보이는 모습 아래 '진짜 있는 그대로의 모습'을 볼 줄 모르는 눈뜬장님과도 같은 인간들이 인생에서 저지르는 행동들이 얼마나 부질없는 헛소동인가를 까발려줍니다. 셰익스피어 당대에서 nothing, 즉 아무것도 아닌 것과 noting, 눈여겨 꿰뚫어 보는 것은 발음이 같은 동음이의어였습니다. 쾌활하고 똑똑한 청년 베네디크는 겉모습만을 '그냥 보는 것'과 겉모습 아래의 진짜 모습을 '눈여겨보는 것'에 대한 차이를 알고 있었습니다. 그러나 클로디오의 경우 그냥 보는 관찰은 완전히 오류였고, 이 관찰을 토대로 저지른 행동은 사랑하는 연인 헤로에게 매우 깊고 치명적인 상처를 주었지요. 이러한 관찰의 취약성과 한계는 등장인물들이 겪게 되는 비극의 원인이기도 합니다.

외양은 클로디오와 헤로의 연애에는 비극적 변화를 가져오지만, 베아트리체와 베네디크의 연애에는 희극적으로 이용됩니다. 젊음과 활력으로 충만한 이 입심 좋은 한 쌍은 만나기만 하면 토닥거립니다. 이 말싸움 뒤에는 강하게 이끌리는 사랑과 상처에 대한 두려움이 숨겨져 있습니다. 이들의 대화는 말장난, 농담, 재담으로 특징지어집니다.

**베네디크** 아니, 시건방 여사님! 아직 살아 계셨어요?

**베아트리체** 베네디크 선생님처럼 씹기 좋은 먹잇감이 있는데 시건방 여사가 어떻게 죽을 수 있겠어요? (*Much ado about Nothing* 1.1.88-90)

## 2. 구별이 알쏭달쏭한 세계

### 1) 아름다운 것은 추한 것, 추한 것은 아름다운 것

『맥베스』의 무대는 천둥 번개와 함께 등장한 세 마녀가 다음과 같은 합창을 하며 사라지는 것으로 시작됩니다.

**마녀들(함께)** 아름다운 것은 추한 것, 추한 것은 아름다운 것,
안개와 더러운 공기 사이로 떠도는 구나. (1.1.12-13)

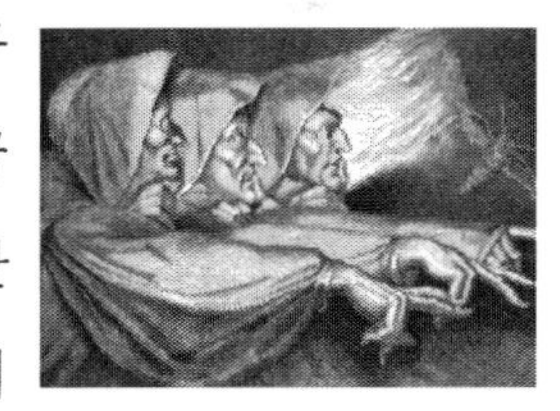

이 말처럼 『맥베스』라는 작품이 극화하는 내용은 바로 '구별의 무효화'라고 할 수 있습니다. 맥베스와 나란히 이 극의 중심부에 자리한 마녀들. 신비롭고 양성적이며 모호한 이 존재들의 정체는 무엇일까요? 마녀들이 만나는 곳은 여러 가지 다양한 선택이 공존하는 세계입니다. 여기서는 공간과 시간이 교차합니다.

아름다운 것이 추한 것이 되고, 추한 것이 아름다운 것이 되는 이 세상. 이것은 맥베스의 첫 대사에서 그대로 반영되고 있습니다. 이러한 세상에서는 어떤 구별도 무효화 됩니다. 짙은 농무가 드리운 이 모호한 세계는 마녀들의 존재를 통해 가시화됩니다. 이 날은 천둥 번개와 비바람이 몰아치는 험상궂은 날이면서 동시에 맥베스가 전쟁에서 위대한 승리를 거둔 좋은 날이기도 합니다. 승리는 또한 무수한 피 흘림을 통하여 얻어진 전리품이기도 합니다. 승리감에 차서 의기양양하여 돌아오던 개선장군 맥베스와 동행하던 동료 장군 뱅코우는 문득 그들 앞에 마주한 알쏭달쏭한 존재들을 발견합니다.

**맥베스** 이렇게 나쁘고도 좋은 날은 처음 봤소.

뱅코우 . . . 도대체 이것들의 정체는 무엇일까?
저리도 말라 비틀어진데다 거친 복장을 한 걸 보니
이 지상에 사는 자들 같지가 않은데! 그래도 저기 엄연히 존재하지 않는가?
. . . 여자임에 틀림없어, 아냐 수염이 난 걸보니 그렇지도 않은데. (1.3.36-44)

소위 마녀라 불리는 이들이 "반은 인간"인 동시에 "반은 세상 밖의 존재"로서 남자도 여자도 아닌 수염 달린 여성으로서 "신체적 유동성"을 보여주는 전이적 존재라면, 맥베스 또한 갈등 속에 처해있는 "전이적인 인간"이죠. 맥베스는 물론 이 작품 속 모든 인간은 "전이적인 인간"입니다.

맥베스는 스스로 운명을 만들어나가고자 하는 새로운 세계를 향한 욕망과 규칙에 얽매인 사회 질서 사이에서 갈등합니다. 맥베스가 처한 규칙에 얽매인 사회란 왕을 정점으로 구축된 조직구조에 모든 신하와 백성이 예속되고 지배받는 사회입니다. 하지만 스코틀랜드로 대변되는 계급사회에서 구별이란 너무도 깨지기 쉽고 허약한 것입니다.

그리스 신화에서는 이것을 예측할 수 없는 자연 세력들 간의 빈번한 충돌과 그에 따른 파괴와 혼돈의 끊임없는 반복으로 표현하고 있죠. 성서(Bible)의 『창세기』 또한 매일 밤 지상에 들이닥치는, 구별을 무산시키는 어두운 밤의 실재를 통해, 피조물의 세계가 늘 처해있는 혼돈의 위협을 상기시킵니다. 『맥베스』의 무대는 비극 중에서도 밤 장면이 지배적입니다.

### 2-1) 누가 재판관이고 누가 도둑인가, "handy-dandy"의 세계

리어는 이렇게 묻습니다.

리어 누가 재판관이고 누가 도둑인가? (4.5.147)

핸디 댄디 게임에서 동전이 어린아이의 왼손과 오른손 사이를 옮겨 다니는 것만큼이나 자리 바꿈이 쉬운 이 세상에서 누가 재판관이고 누가 도둑인지의 구별은 뚜렷하지 않습니다. 세상은 뒤죽박죽이죠. 『리어왕』에서 광대의 마지막 대사는 거꾸로 뒤집힌 세상을 부각합니다.

| | |
|---|---|
| **리어** | 조용, 조용, 커튼을 쳐다오. 그래, 그래, 그래.<br>우리 아침에 저녁 먹으러 가자. 그래, 그래, 그래. |
| **광대** | 그리고 우린 정오에 잠자러 갈 거예요. (3.6.39-41) |

조용히 커튼 칠 것을 당부하는 리어는, 침묵 속에서, 뒤죽박죽인 이 세상에 작별을 고하고자 합니다. 짐승과 인간의 자리 구별이, 재판관과 도둑의 자리 구별이 해체되고 있는 이 세상에서, 미덥고 안정적인 확고한 자리매김이란 없습니다.

『햄릿』은 지척에 있는 인간도 구별할 수 없는 칠흑 같은 어둠 속에서 "거기, 너 누구냐?"라는 물음으로 시작합니다. 햄릿이라는 이 핵심적인 르네상스 작품에서 반복적으로 사용하는 어법은 의문형입니다. 또한 이 시대에 애용되던 은유는 "거꾸로 뒤집힌 세상"(the world upside down)이었습니다. 자기중심적이고 야심에 찬 인간들이 사물을 뒤집어엎던 시대, 이러한 사회에서는 실로 무엇 하나 지속적으로 우리를 안정시켜 주는 것이 없었으니까요.

### 2-2) 누가 유대인이고 누가 기독교인 상인이요

『베니스의 상인』에서 재판정에 도착한 현명한 젊은 법관은 이렇게 묻습니다.

| | |
|---|---|
| **법관** | 누가 유대인이고 누가 기독교인 상인이요? (4.1.171) |

이제껏 기독교인은 유대인을 만났다 하면 침을 뱉고 개처럼 취급하며 경멸했는데,

그렇다면 척 봐도 유대인과 기독교인이 구별이 되어야 할 텐데 실상은 구별이 어렵습니다. 샤일록의 다음 대사를 주목해볼 만합니다.

**샤일록** 그래, 유대인은 눈이 없나? 유대인은 손이,
오장이, 육체가, 감각이, 감정이, 정열이 없단 말인가? 우리도
같은 음식으로 배를 불리고, 같은 연장에 다치고, 같은 병에 걸리고,
같은 약에 낫고, 겨울엔 춥고, 여름엔 더워.
어디가 기독교인들과 다르단 말인가? 찔러도 우린 피가 안 난단 말인가?
간질여도 웃지 않는단 말인가? 독을 먹여도 우리는 죽지 않는단 말인가?
모욕을 당해도 우린 복수 않는단 말인가?
다른 것들이 모두 당신네와 한가지라면, 이 일에 있어서도 한가지일 것 아니오.
(3.1.46-53)

결국 똑같이 취약한 인간일 뿐 기독교인이 유대인에게 가져왔던 우월 의식의 근거는 찾기 어렵습니다. 샤일록(Shylock)은 『오셀로』(*Othello*)에 나오는 이아고(Iago)와 더불어 셰익스피어의 증오에 관한 두 위대한 연구의 하나로 손꼽힙니다. 『베니스의 상인』 세 번째 장면, 샤일록의 등장은 세계 연극사의 위대한 순간이 되고 있습니다. 이 대사는 폴란스키 감독의 <피아니스트>에서 유대인들이 (가스실로 향하는) 기차를 기다리는 동안 책을 읽는 한 유대인의 시선이 오래 머무는 대목이기도 합니다. 기독교인이 이제까지 오로지 조롱과 경멸의 대상으로서 취급해왔던 유대인들은 과연 그들 자신과 얼마나 다른가?

## 3. 이름: 손도 팔도 얼굴도 아무것도 아닌 이름이 도대체 뭐기에

이렇게 불안정하고 뒤죽박죽인 채 불합리한 증오와 폭력이 난무하는 세상 속에서 진정으로 사랑했던 한 쌍의 젊은 연인 로미오와 줄리엣을 죽음으로 내몬 사

형 집행자는 '이름'입니다. 베로나의 유서 깊은 두 명문가의 가장들은 이름이 "겉모습"일 뿐이라는 사실을 자식의 죽음을 통해서야 깨닫습니다. 열세 살 줄리엣이 일찍이 간파했던 단순한 진리를 실로 너무 늦게 깨달은 것이죠.

**줄리엣** 아, 로미오, 로미오님! 왜 이름이 로미오인가요?
아버지를 잊으시고 그 이름을 버리셔요.
아니 그렇게 못하시겠다면 저를 사랑한다고 맹세만이라도 해주셔요.
그러면 저도 캐퓰릿의 성을 버리겠어요. 당신의 이름만이 내 원수예요.
몬태규네 가문 아니라도 당신은 당신. 아, 딴 이름이 되어 주셔요!
몬태규란 이름이 뭐람? 손도 발도 팔도 얼굴도 아니고
신체의 어떤 부분도 아니잖아.
이름에 뭐가 있어? 장미꽃은 다른 이름으로 불려도 똑같이 향기로울 게 아닌가?
로미오 역시 로미오란 이름이 아니라도,
그 이름과는 관계없이 본래의 미덕은 그대로 남아있을진대
로미오님, 그 이름을 버리고 당신의 신체와는 아무 상관도 없는 그 이름 대신에
저를 고스란히 가지셔요. (*Romeo And Juliet* 2.2.33-49)

## 4. 영광: 내 엉덩이 아래서 터져버릴 공기주머니를 타고 헤엄치며 헤매던 영광의 바다란

이렇게 토대 자체가 불안정하고 불확실한 세계에서 부귀영화란 어떤 것일까요? 『헨리 8세』에서 울지 추기경은 권력과 부의 엄청난 손실을 죽음에 비교합니다. 이제껏 누려온 영광의 무상함과 잘못 살아온 인생의 허망함이 절절히 가슴을 파고듭니다.

**울지추기경** . . . 인간사란 이렇군. 오늘은 희망의 여린 떡잎이 돋아나고
내일은 꽃이 만개하여 빛나는 영예를 선사하는가 하면
사흘째엔 서리가 내리는데, 안심하고 편안하게
한창때인 자신의 출세를 확신하고 있을 때
생명을 죽이는 이 서리는
위세의 뿌리를 금새 싹둑 자르고,
이렇게 나처럼 쓰러지게 하는구나.
나는 공기주머니를 타고 헤엄치는 개구쟁이 소년들처럼
내 키를 훨씬 넘는 영광의 바다 속을 헤매며 모험해왔지.
잔뜩 부푼 내 교만 주머니는
마침내 엉덩이 아래서 터져 버렸구나.
평생 일하다 지치고 늙어버린 나는 결국
거친 물살이 이끄는 대로 몸을 맡기고 숨어 사는 신세가 되었구나.
이 세상의 허망한 부귀영화여, 네가 가증스럽다.
이제 내 가슴이 새롭게 눈을 뜨는구나.
오 얼마나 비참한가?
왕족들의 총애에 매달려 사는 가련한 인간이란!
열망하며 바라보는 저들의 미소와 저들의 근사한 용모와,
그들의 파멸 사이에는 전쟁이나 여자보다 더 큰 고통과 공포가 숨어 있구나.
그리하여 그가 넘어질 땐 루시파가 넘어질 때처럼
두 번 다시 일어설 희망조차 없다. (*Henry VIII* 3.2.350-72)

## 5. 왕관: 황금 왕관은 두 개의 두레박이 달린 우물

셰익스피어의 대표적인 사극으로 손꼽히는 『리차드 2세』에서 유약한 왕 리차드는 왕권을 장악하기 위해 쳐들어온 막강한 볼링브로크에게 손수 왕관을 건네주며 이렇게 말합니다.

**리차드 왕**　왕관을 이리 줘. . . . 자, 종제여, 왕관을 받으시오.
자, 종제, 이쪽에 나의 손, 그쪽에는 당신의 손. 이 황금 왕관은 깊은 우물과 같은데,
두 개의 두레박은 교대로 물을 채우며, 빈 쪽은 공중 높이 올라가고,
다른 쪽은 밑에 가라앉아 사람 눈에 띄지 않고 눈물로 가득 차 있소.
그 가라앉은 두레박이 바로 난데, 나는 슬픔을 들이켜서 눈물로 가득 차 있소.
그러나 당신은 높은 곳에 올라가 있구려. (*Richard II* 4.1.181-89)

왕관은 이 세상에서의 최고 권력의 상징이지만 교대로 물을 채우고 가라앉는 두 개의 두레박에 운명이 달린 우물처럼 이 세상에 확고하고 절대적이고 영구적인 최고 권력의 자리란 존재하지 않습니다.

## 6. 살 것이냐 죽을 것이냐, 무엇이 덜 무서울까

햄릿의 독백 "To Be, or Not to Be(이대로 참고 살 것이냐, 말 것이냐)?"는 셰익스피어의 대표적인 독백으로 손꼽힙니다. 햄릿은 묻습니다. 아버지는 살해당하고 어머니는 그 살해자에게 간음의 제물로 빼앗긴 채 이대로 참고 살 것인가? 아니면 복수를 위해 왕을 살해할 것인가? 왕의 살해란 목숨을 잃을 수도 있는 현실적으로 거의 불가능에 가까운 과업입니다. 그렇다고 자살을 택할 것인가? 그러나 긴 잠과 같은 죽음 이후 어떤 무서운 꿈에 시달릴 줄 모르지 않는가? 무엇이 더 고상한 행위인가에 대한 물음은 결국 무엇이 더 무서운가에 대한 물음으로 끝납니다. 위대한 질문을 던지는 인간은 결국 한낱 겁쟁이로 낙착합니다. 생의 불확실성과 모순에 대한 햄릿의 당혹은 극의 끝까지 지속됩니다.

**햄릿**　삶이냐, 죽음이냐, 이것이 문제다.
가혹한 운명의 화살을 참는 것이 장한 것이냐,
아니면 환난의 조수를 두 손으로 막아 이를 근절시키는 것이 장한 것이냐?

죽는다, 잠잔다—다만 그것뿐이다. 잠들면 모두 끝난다.
번뇌며 육체가 받는 온갖 고통이며. 그렇다면 죽음, 잠,
이것이야말로 열렬히 희구할 생의 극치가 아니겠는가! 잔다, 그럼 꿈도 꾸겠지.
아, 이게 문제다. 대체 생의 굴레를 벗어나 영원한 잠을 잘 때,
어떤 꿈을 꾸게 될 것인지, 이를 생각하니 망설여질 수밖에— (*Hamlet* 3.1.56–68)

## 7. 인간은 만물의 영장인가, 분수껏 대하면 회초리를 면할 인간이란 없거늘

햄릿은 묻습니다. 과연 인간은 어떤 존재인가?

**햄릿** 인간, 참으로 천지조화의 걸작, 이성은 숭고하고,
능력은 무한하고, 그 단정한 자태에다 감탄할 운동,
천사 같은 이해력에다 자세는 흡사 신과 같고, 세상의 꽃이요
만물의 영장인 인간, 즉 물질의 정수랄까,
그러나 인간이란 내게는 먼지 중의 먼지로밖에 보이지 않는단 말야.
(*Hamlet* 2.2.286–90)

햄릿의 이 대사는 셰익스피어 당대인 르네상스시대의 인간에 대한 이해를 요약해 줍니다. 르네상스 시대와 함께 발견과 탐험의 시대가 열리고, 인간 능력의 무한한 가능성에 대한 믿음으로 끝없는 열망의 성취를 향한 도전을 시도할 때 탁월한 이성과 무한한 능력과 가능성을 지닌 인간은 가히 만물의 영장이요, 우주의 주인공이라 할 만하다고 확신했지요.

그러나 르네상스 후기에 들어서서 인간이 성취했던 눈부신 영광의 토대는 얼마나 허약하고 불안정한 것인가에 대한 인식과 함께 궁극적인 인간의 한계에 대한 재인식에 봉착하게 됩니다. 르네상스 후기에 들어서서 인간은 햄릿과 더불어 "르네상스적 우울"(Renaissance Melancholy)을 겪게 됩니다. 불확실한 것 투성이인 인

간을 존재하게 하는 유일하게 확실한 근거란—이 시대의 데카르트가 관찰한 것처럼—"내가 회의한다"는 사실뿐일지 모르니까요.

햄릿은 일지노어 궁정에 도착한 유랑극단의 배우들을 분수껏이 아니라 잘 대접해주라고 플로니우스에게 각별히 당부합니다.

**햄릿** 저들을 분수껏 대접해 줄 것이 아니라 훨씬 더 잘 대해주어야 하네.
모든 인간을 분수껏 대접한다면 회초리를 면할 자가 어디 있으리요?
존중과 예의를 갖추어 정성껏 대접하게,
저들이 그런 대접을 받을 자격이 적을수록
풍성히 베푸는 그대는 더욱 빛날지니. (*Hamlet* 2.2.485-88)

## 8. 인생은 장르의 혼합

### 1) 클레오파트라의 장엄한 마지막 의식 끝의 물음, "고것이 나도 깨물까?"

『안토니와 클레오파트라』의 마지막 장면에서 클레오파트라는 장렬하게 그녀의 죽음을 연출하고 거행합니다. 죽음의 결의를 다지는 장엄한 연설을 마친 후 클레오파트라는 죽음의 의식에 쓰일 '뱀'이 든 바구니를 들고 온 광대역의 시골뜨기 남자에게 묻습니다. "고 녀석이 이렇게 예쁜 나도 깨물까?" 이집트 여왕의 마지막을 장식하는 이 장엄한 의식의 시적 맥락에 느닷없이 끼어드는 그녀의 질문은 비천한 시골뜨기의 대답만큼이나 격식에서 완전 해방된 우스꽝스러움을 보여줍니다. 가장 심각하고 진지한 순간에 끼어든 희극적 요소가 어떤 장르의 일관적인 통일성을 자유분방하게 해체해 버리는 거죠.

**클레오파트라** 한낱 보잘것없는 도구가
숭고한 행위를 수행케 하는구나!
그는 나에게 자유를 선사하는구나,

나에게서 여성은 다 비워져,
머리부터 발끝까지 내 결심은 확고하다.
기우는 달은 결국 나의 천체가 아니로다. (5.2.235-39)

[*그때 뱀 바구니를 들고 광대가 다시 등장한다*]

**클레오파트라** 이 뱀에 물려 죽은 사람 누구 생각나느냐?
**광대** 남자랑 여자랑 그득 합죠.
**클레오파트라** 고 녀석이 나도 깨물까?
**광대** 암, 그렇습죠. 이놈이랑 재미 많이 보십쇼. (5.2.247-48; 256)

**2) 아저씨, 참으세요. 수영하기엔 고약한 밤이잖아요**

**리어** 인간은 이 이상이 아니란 말이냐? 곰곰이 생각해 보아라.
너는 누에로부터 비단을 빌리지도 않았고, 짐승에게서 가죽을,
양에게서 털을, 고양이에게서 사향을 빌리지도 않았구나.
하! 여기에 있는 세 인간은 위선적인 가공품인데,
너야말로 타고난 본래의 모습 그 자체이구나.
사람의 본 모습이란, 너와 같이 이렇게도 가련하고, 헐벗은
두 발 달린 짐승에 불과하구나! 벗자, 벗자, 빌려온 것들을!
광대야, 와서, 이 단추를 좀 끌러다오. [*옷을 찢으며*]
**광대** 제발이지, 아저씨, 참으세요. 수영하기엔 고약한 밤이잖아요.
(*King Lear* 3.4.92-99)

모든 인간을 "바보"와 "미치광이"로 바뀌어 놓을 만큼 혹독한 밤, 거처를 잃은 채 폭풍 치는 황야를 떠돌던 리어는 미친 거지 '불쌍한 톰'(poor Tom)을 만납니다. 악마의 소리에 고통 받고, 벌거벗은 몸에 누더기 담요 조각으로 겨우 치부만 가린 채, 말 오줌 섞인 웅덩이 물로 목을 축이는 가장 비천한 거지, 불쌍한 톰. 한 번도

상상하지 못했던 인간의 고통을 대면한 리어는 인간 존재의 비밀을 발견합니다.

빌려온 것이 제거된 인간 본연의 모습은 이처럼 "가련하고 헐벗은 두 발 달린 짐승"에 불과할 뿐이라는 사실이죠. 이 사실은 이제까지 리어를 지탱해온 모든 지각을 흔들어 뿌리째 뽑아버릴 만큼 충격적이었습니다. 온전한 정신이 떠나가고 있는 리어가 "본래적인 인간"(unaccommodated man)의 모습으로 돌아가기를 외치며 옷을 찢을 때, 광대가 그에게 충고합니다. 수영하기에 고약한 밤이니 참으시라고.

### 3) 나쁜 놈, 모조리 마셔버리다니

『로미오와 줄리엣』의 마지막 장면에서 줄리엣의 무덤에 당도한 로미오는 줄리엣이 진짜 죽은 줄 알고 자신도 독약을 마시고 자결합니다. 마침내 깨어난 줄리엣이 로미오의 시체를 발견하고는 그를 따라 죽으려고 그가 마신 독약 병을 치켜들죠. 이 극에서 가장 비극적이며 가장 비장한 이 순간, 줄리엣은 독약이 한 방울도 안 남은 것을 보자 몽땅 마셔버린 로미오에게 욕을 합니다.

**줄리엣** 아~ 나쁜 놈 같으니, 모조리 마셔버렸잖아!
뒤따라가지도 못하게 단 한 방울도 안 남겨 놓다니! (5.3.163-64)

## 9. 자연의 이중성: 폭풍우와 동시에 햇살이

자연이야말로 장르 혼합의 극치입니다. 폭풍을 일으켜 리어를 강타했던 자연은 또 한편으로 리어의 심신을 치유할 약용식물들을 키워냅니다. 또 폭풍이 오고 있는 동쪽은 동시에 해가 뜨는 곳이기도 하죠. 이 세계 자체는 인간에게 적대적이지도 우호적이지도 않습니다. 인간과 세상에 대한 셰익스피어의 비전은 다분히 이중적입니다. 『로미오와 줄리엣』의 2막 3장을 여는 로렌스 신부의 다음 독백은 이러한 셰익스피어의 이중적 비전의 핵심을 전해주고 있습니다.

**로렌스** 자연의 어머니인 대지는 자연의 무덤이기도 하고,
자연의 무덤인 대지는 또한 자연을 잉태하는 자궁이기도 하지.
이 자궁으로부터 다양한 자식들이 태어나고
이 자식들이 다정한 자연의 가슴에서 젖을 빠는 것을 발견하게 되지.
훌륭한 여러 가지 약효를 지닌 것이 적지 않을 뿐더러
그 어떤 것 하나도 무슨 약효를 안 지닌 것이 없고 그 약효는 가지각색.
아, 모든 초목과 돌에는 그 본질 속에 신기한 약효가 들어 있어서 세상에서
아무리 흉한 것일지라도 무엇인가 특수한 약효를 세상에 주지 않는 것이 없고,
또한, 아무리 좋은 것도 합당하게 사용하는 용도를 그르치면
본성에 위배되어 악용의 해를 면치 못하는 법.
덕도 잘못 사용되면 악으로 변하며 악도 활용에 따라서 이득이 될 수 있지.
연약한 이 꽃봉오리 속엔 독도 들어 있거니와 약효도 들어 있지.
. . . . . .
이와 같이 반대되는 두 왕이 여전히 진을 치고 있지.
약초만이 아니라 사람 속에도 말이야. (*Romeo And Juliet* 2.3.9-28)

로렌스 신부는 이 작품의 가장 지혜로운 사람으로서 "셰익스피어 극에서 찾아보기 드문 인간의 차별성을 이해하는 인물"로 평가됩니다. 그의 독백은 식물들에 대한 해박한 지식뿐 아니라, 인간과 세상에 대한 셰익스피어의 이중적 비전의 핵심을 전달해 주고 있어 특별히 주목할 만합니다. 모순어법으로 구축된 이 독백처럼 자궁과 무덤, 낮과 밤, 독성과 약효, 미덕과 악덕, 하느님의 은총과 개인의 욕

망─ 이렇게 세상과 인간은 반대되는 것이 함께 오는 역설을 중심으로 구축되어 있습니다. 약초만이 아니라 사람 속에도 말이죠. 『로미오와 줄리엣』의 경우를 살펴보면 작품 전체가 상반되는 것들로 가득합니다. 빛과 어둠, 젊음과 늙음, 빨리 가는 시간과 느리게 가는 시간, 달과 별, 사랑과 증오 등.

**줄리엣** 내 유일한 사랑이 내 유일한 증오에서 싹트다니! (1.5.137)

줄리엣의 이 탄식이야말로 반대되는 것이 함께 오는 역설을 요약해줍니다. 이 극의 주제인 사랑은 애초부터 "죽음과 껴 붙어 있었던 사랑"(love marked by death)이었습니다. 아무리 아름답게 사랑과 사랑의 힘이 그려지고 있지만 애초부터 그 사랑엔 불행한 결말이 예정되어 있음을 우리는 암묵적으로 인정합니다.

줄리엣은 시간이 빨리 지나서 밤이 되길, 그들이 함께 있을 수 있는 "사랑이 이루어지는 밤"이 되길 간절히 바랍니다. 그러나 밤은 사랑을 나누는 시간일 뿐 아니라 죽음의 상징이기도 하죠. 그 암흑 속으로 서둘러 달려가는 행위는 비극적 최후를 향해 돌진하는 행위이기도 합니다.

**로미오** 점점 더 밝아 올수록, 우리들의 괴로움은 점점 더 어두워지는구려! (3.5.36)

로미오의 이 대사는 인간 세상의 법으로부터 도망치고 있는 도망자 로미오에게 가장 안전한 치외법권 지역은 오직 무덤뿐이라는 비극적 역설을 드러내줍니다.

## 10. 좋고 나쁜 것은 생각하기에 달렸지

세계 그 자체는 인간에게 우호적이지도 적대적이지도 않습니다. 이 세계는 섣부른 비관론도 경박한 낙관론도 배제합니다. 그것은 세계라는 무대 위에 선 인간과 그 무대와의 관계에 따라 결정됩니다. 지금 덴마크는 햄릿에게 있어 감옥입니다. 다음 대사는 셰익스피어의 세계 이해를 요약해줍니다.

**햄릿** 원래 좋고 나쁜 것은 다 생각하기 나름. 이 햄릿에게는 덴마크가 감옥일세. . . .
나는 호도 껍데기만한 공간 속에 갇혀 있어도 나 자신을
무한한 천지의 왕이라 생각할 수 있다네. (*Hamlet* 2.2.239-44)

## 11. 네가 죽어가는 것을 보았을 때 난 새 생명을 보았지

『겨울 이야기』에서 폭풍과 바다는 죽음과 동시에 생명과 재생을 선사합니다. 『겨울 이야기』 3막 3장은 파괴의 시간인 겨울 전반부로부터, 재생의 시간인 봄과 여름 후반부로의 전환을 보여주는 과도기적인 장면입니다. 이 장면에서 폭풍우 속에 삼켜지는 배와 그 배에 타고 있던 인간들에 대해 묘사하는 광대의 흥미로운 이야기 방식은 대립되는 양자 사이에 다리를 놓아줍니다. 왕의 명령대로 아기를 보헤미아 해안에 버리고 오기 위하여 배에서 내린 남자가 아기를 내려놓자마자 곰이 달려들고, 그는 달아납니다. 그 뒤를 이어 등장한 시골 목자가 아기를 발견하고 데려갑니다. 그 후 해안에 도착한 목자의 아들이 해안에서 목격한 일을 묘사하는 방식은, 무겁고 심각한 주제를 "익살기"(humorous vein)로 담아낼 수 있는 가능성을 실현해 주며 또한, 그것을 보고하는 태도에 의해 공포가 어떻게 코미디로 바뀌는지를 보여줍니다. 그는 가히 광대(Clown) 역으로 불릴 만합니다.

**광대역** 오, 저 불쌍한 사람들의 슬프고 슬픈 울부짖음 소리라니!
조금 전에 보였는데 금새 없어지고 말았어.
바다가 말이야, 돛대로 달님에게 구멍을 내놓는가 했더니, 순식간에
맥주 통 속에 빠진 코르크 마개처럼 거품 속에 삼켜지고 말았지.
그리고 이건 땅에서 벌어진 일인데, 곰이란 놈이 그 나리의 어깨뼈를 찢어 갈기고

말았어. 그 나리는 나보고 살려달라고 소리를 질렀어. 이름은 앤티고너스, 귀족이라고 했어. 배 이야기를 끝내야겠군. 바다는 배를 깨끗이 삼켜 버렸어.
하지만 그 전까지 배에 탄 불쌍한 사람들이 큰 소리로 울부짖었지.
그러자 곰이란 놈이 그 소리를 흉내 내면서 울부짖었어.
이 두 가지 울음소리가 얼마나 크던지,
바다의 소리도 폭풍의 소리도 당해내지 못했어.

**목자** 저런, 저런, 얘야, 이게 언제 적 일이냐?

**광대역** 지금 바로 지금. 이 광경을 본 후 난 아직 눈 한 번도 깜짝하지 않았어.
물에 빠진 사람들은 아직 몸이 뜨뜻하고, 그리고 곰이란 놈은 그 나리를 아직 절반도 먹지 않았거든. 지금도 뜯어 먹는 중이야. (3.3.82-96)

아들의 이야기를 들은 시골 목자는 "곰이 먹기를 끝내고 간 후에 그 나리의 뼈라도 남았다면" 묻어주기 위해서 해안을 향해 출발합니다. 그는 곰이 앤티고너스를 잡아먹은 이유가 순전히 "배가 고파서"라고 간단히 설명합니다. 그가 먹힌 것은 하필이면 배고픈 곰이 지나갈 때 그가 눈에 띄었다는 우연에 기인할 뿐이라는 거죠. 앤티고너스 일행의 배가 파도에 삼켜지고 곰이 그를 잡아먹는 것은 그들의 도덕성과는 무관한 듯 보입니다. 시골 목자는 자신이 데려온 아기를 가리키며 아들에게 이렇게 말합니다.

**목자** 엄청난 일이야, 엄청난 일이야. 그런데 아들아, 나 좀 봐.
우리 축복하기로 하자. 넌 죽어가는 것을 만났지만
난 새 생명을 만났잖니. (3.3.100-3)

2장

# 셰익스피어의 세상 이야기

## 1. 인간은 배우, 세계는 하나의 무대

### 1) 인생은 7막짜리 연극

셰익스피어는 이 세계 전체를 하나의 무대로, 인간을 배우로 비유합니다. 셰익스피어의 인생관은 그의 연극관이기도 한데요, 『뜻대로 하세요』는 셰익스피어의 인생과 연극, 인간과 배우의 상관관계에 대한 이해로 우리를 인도합니다.

**제익퀴즈** 세계 전부가 하나의 무대올시다. 그리고 우리는 죄다 배우에 불과합니다.
모두 다 퇴장했다 등장했다 하는데 한 남자의 일생은
여러 역을 맡아 하며 그 일생은 칠 막으로 구분됩니다.
처음 1기는 아기로서 유모 팔 안에 안겨 앙앙 울고 침을 질질 흘립니다.
다음 2기는 투덜거리는 학교 아동인데, 가방을 메고 아침에는 빛나는 얼굴로 마지

못해 달팽이 기어가듯 학교에 갑니다.
그 다음 3기는 연인 역으로 용광로같이 한숨을 쉬고,
애인의 이마에 두고 구슬픈 노래를 짓습니다.
다음 4기는 병정역인데, 기묘한 맹세들을 늘어놓고,
표범 같은 수염을 하고 체면을 차린답시고 까탈스레 굴며,
싸움은 번개같이 재빠르고,
거품 같은 공명을 위해서는 대포 아가리에라도 뛰어듭니다.
다음 5기는 법관 역으로, 살찐 식용 닭이랑 뇌물 덕분에
배는 제법 나오고, 눈초리는 매섭고,
수염은 격식대로 길러져 있고,
현명한 격언과 진부한 문구를 잔뜩 늘어놓으며,
자기 역할을 연기합니다.
그런데 제 육기에 들어서면
슬리퍼를 신은 말라빠진 어릿광대역으로 변하는데,
안경을 코 위에 걸치고, 허리에는 돈 주머닐 차고,
젊은 시절 입었던 홀태바지는 말라빠진 가랑이에 너무 헐렁하고,
사내답던 굵직한 음성은 아이 같이 찍찍대는 새소리로 되돌아가
피리같이 삑삑 소리만 냅니다.
그리고 파란 많은 이 일대기의 끝장인 마지막 장면은
제2의 어린아이 시절이랄까, 오직 망각이 있을 뿐,
이도 없고, 눈도 없고, 미각도 없고 일체 무(無)입니다.
(*As You Like it* 2.7.139–66)

### 2) 인간은 가련한 배우

인생을 '일회적인 연극'(ephemeral theatre)에 비유하는 셰익스피어의 은유는 유명한 이 독백을 통해 첨예화되고 있습니다. 결국, 인간이 영위하는 생은 무대 위의 등장시간만큼이나 짧고, 덧없고, 일회적입니다.

시튼 왕비께서 운명하셨습니다.

맥베스 지금이 아니라도 어차피 죽어야 할 사람.
한번은 그런 소식이 있고야 말 것이 아닌가. 내일, 내일, 또 내일은 매일매일 살금살금 인류 역사의 최종 음절까지 기어가고 있고, 어제라는 날들은 다 바보들에게 무덤으로 가는 길을 비쳐 왔거든, 꺼져라 꺼져, 짧은 촛불아!
인생이란 한낱 걸어 다니는 그림자, 가련한 배우.
자기의 등장 시간엔 무대 위에서 활개치고 안달하지만,
얼마 안가서 영영 잊혀 버리지 않는가. 한낱 천치가 떠드는 이야기 같다고나 할까,
씩씩대고 소리를 친다, 아무 의미도 없이. (*Macbeth* 5.5.16–27)

세상이라는 무대 위에서 주어진 등장시간 동안 무대 바닥을 삐걱이며 안달하고 활보하다가 등장시간이 끝나면 그림자조차 남기지 않고 사라져버리는 인간은 실로 한낱 가련한 배우인 것입니다. 맥베스역의 이 대사를 경청하는 우리 관객들을 향하여 셰익스피어는 이렇게 물어옵니다. 과연 "이제까지 무대 위에 선 배우로서의 모든 열정이 무로 사라져갈 허무하고 일회적인 것이라면 인간 존재는 과연 단지 무용한(futile) 것인가?"

### 3–1) 에필로그: 배우들은 그림자 같은 존재, 우리 인생은 한바탕 꿈

『한여름 밤의 꿈』에서 요정 퍽은 한 편의 희극이 끝난 후 에필로그를 통해 관객에게 직접 말합니다. 이 에필로그는 셰익스피어의 연극관과 함께 인생관을 요약해줍니다.

퍽 우리 그림자 같은 존재들이 거슬렸다면
다만 이렇게 생각하신다면 만사 O.K.입니다.
이 환영들(visions)이 나타난 동안 여러분은 여기서 잠깐 졸으셨다고요.
그리고 이 허약하고 부질없는 주제는, 그저 한낱 꿈일 뿐이니,
신사 숙녀 여러분, 부디 꾸짖지 마시어요. (5.1.401–7)

결국, 배우란 퇴장시간이 되면 흔적도 없이 사라질 그림자 같은 존재이며, 무대에서의 행위들은 환영일 뿐, 그 내용은 허약하고 부질없는 꿈이었음을 우리가 고백할 때, 우리는 다른 배우들의 실수를 선선히 용서할 수 있지 않을까요?

### 3-2) 꿈과 같은 자료들로 엮어진 인생

한 극작가는 자신이 하느님의 약속들을 무대 위에 제시한다고 보이길 원하지요. 셰익스피어는 그의 마지막 극들을 통해서 신의 현현을 극장의 용어에 담아 제시하려는 일관된 노력을 보여주고 있습니다.[2] 관객인 우리는 『태풍』의 주인공이 펼쳐주는 가면무도회(masque)로 옮겨갈 때 이것을 경험하게 됩니다. 이 무도회에 여신들인 주노(Juno)와 세레스(Ceres)가 등장하여 풍요와 다산을 기원하는 아름다운 노래를 부를 때, 이에 장엄한 비전에 압도된 왕자 페르디난드(Ferdinand)에게 프로스페로는 이 가장 장엄한 비전은 '나의 현재의 공상들'인 정령들(spirits)이 야기한 작품이라고 말합니다. 그러나 프로스페로는 자신의 목숨에 대한 캘리반의 음모가 다가옴을 상기하는 순간 "우리의 여흥은 이제 끝났다"는 말과 함께 이 무도회를 즉각 중지합니다.

한 극작가는 개인적으로 자신이 위험에 처한 현실을 상기하자, 자신의 그림자극을 돌연히 취소시킵니다. 또한 자신이 창조해내고 취소했던 무대 심상들의 덧없음은 이 무대 심상들이 이에 못지않게 덧없고 환상적인 현실을 모방해주는 또 다른 방식임을 반영해줍니다.

예술을 통해서 우리가 창조해내는 모든 것은 '믿도록 만들어진 것'(make believe)일 뿐이고 꿈에 지나지 않으며, 우리의 '현재의 공상들'일 뿐입니다. 그런데

---

2) 우리는 『태풍』에서 우리를 구제해 주기를 약속하면서, 필히 죽을 운명을 타고난 인간의 복지와 정의에 대한 제신들의 관심사를 보여주는 신적인 음성을 듣는다. 이 신적인 음성은 한 인간의 음성으로서 제시되고 있다. 그것은 인간의 확실성에 대한 이야기가 아니라 인간의 희망에 대해 이야기해주는 음성이다.

이렇게 말한다고 해서 그것에 대한 경멸이 될 수 없다고 보는 것은 비예술인 모든 것, 즉 매일의 일상에서 살아내진 모든 현실이 또한 일종의 꿈이라고도 볼 수 있기 때문입니다.

『태풍』 4막 1장의 프로스페로의 대사에 나오는 "우리는 꿈들이 만들어지는 것과 같은 바로 그런 자료"라는 말은 셰익스피어가 남긴 가장 유명한 대사의 하나로 손꼽힙니다.

> **프로스페로** 인제 여흥은 끝났어. 우리가 본 배우들은
> 아까도 말했지만, 모두 정령인데 이젠 공기 속에,
> 엷은 공기 속에 녹아 버렸어.
> 그런데 이 환상에 보인 가공의 현상처럼 구름을 인 탑도, 찬란한
> 궁궐도, 장엄한 사원도, 대지 자체도, 아니 지상의 온갖 것은 죄다
> 끝내는 녹아서 이 허망한 광대굿 모양 사라지고 자국조차
> 남기지 않게 된단 말이야.
> 우리의 육체는 꿈과 같은 자료로 돼 있고, 우리의 하찮은 인생 또한
> 처음부터 끝까지 꿈밖에 아닌 거지. (*The Tempest* 4.1.148-58)

하늘을 찌르는 첨탑도, 찬란한 궁궐도, 그 속을 채우던 인간의 모든 욕망들이 이룩해 낸 온갖 눈부신 성취와 업적들도 먼 미래의 시간에서 보면, 모두 허망한 광대굿처럼 흔적조차 남기지 않고 사라져갈 것에 불과합니다.

### 4) 인생은 영원히 불완전한 연극

『한여름 밤의 꿈』의 마지막 장면은 연극 속의 연극인 '극중극'을 보여줍니다. 극중 관객들이 극중극 속 배우들의 서툴고 우스꽝스럽기 짝이 없는 연극에 대해 조롱과 야유를 퍼붓자 티시우스 공작은 이렇게 말합니다.

티시어스 가장 빼어난 최상의 연극일지라도 그림자에 지나지 않는 것.
우리가 상상력으로 보충해준다면,
가장 형편없는 연극이라도 그렇게 나쁘지는 않을 것이요.
(*A Midsummer Night's Dream* 5.1.205-6)

이 말은 연극과 인생에 대한 셰익스피어의 통찰을 전해줍니다. 인생이란 신의 눈으로 볼 때 영원히 불완전한 연극을 닮았다고 하겠지요.

### 5) 인간의 삶이란 '하나'라고 셀 동안에 일어나는 일회적인 연극

『로미오와 줄리엣』은 프롤로그에 코러스가 등장하여 관객에게 당부합니다.

코러스 자식들의 죽음이 아니고서는 그 어떤 것으로도 없앨 수 없는
부모들의 계속되는 분노의 그 두려운 행로가
이제 저희 무대에서 두 시간 동안 펼쳐지나니[3)]
끈기 있게 귀 기울여 주신다면
모자란 부분은 앞으로 고치도록 힘껏 노력하겠습니다. (9-14)

각자 배우로서 연극과도 같은 유한한 인생을 사는 우리 앞에 두 시간짜리 연극이 펼쳐집니다. 두 시간 후에는 로미오도 줄리엣도, 그들의 세계도, 그림자처럼 흔적 없이 사라져 갈 것입니다.

---

3) 이 메타 - 연극적 언급을 통해 사건에 강렬함과 속도를 부여하는 시간이라는 모티브를 설정해 주면서 로미오와 줄리엣의 삶과 결혼의 덧없음을 강조한다. 마지막 장면인 5막 3장 또한 셰익스피어가 도입하는 연극적 장치를 상기시켜준다. 1-124행까지 이어지는 동안, 파리스가 줄리엣의 무덤에 꽃을 바치는데 그의 시동이 그에게 누군가 다가온다고 신호를 보내고 파리스는 뒤로 물러나 지켜본다. 이는 다시 한 번 액션에 대해 이중적인 관객을 만들고 로미오와 줄리엣의 마지막 순간들에 대해 일련의 관찰자와 방해자들을 세워, 그들의 죽음이 첫 만남처럼 개인적이기보다는 공적인 사건이 되게 한다.

『로미오와 줄리엣』(1594~95)과 잇달아 나온 『한여름 밤의 꿈』(1595~96)은 짝을 이루는 작품으로 일컬어지는데 두 작품 모두 부모의 반대를 무릅쓰고 자신이 선택한 연인과의 사랑을 성취하기 위한 힘든 여정을 다룹니다. 순간에 불과한 인간 삶의 힘든 여정을 담아내는 이 두 극은 각각 비극과 희극으로 불리지만 그 콘텐츠는 결코 다르지 않습니다. 『로미오와 줄리엣』은 "희극의 섬광들로 우리를 놀라게 만드는 비극"이고, 『한여름 밤의 꿈』은 "밤의 어떤 것에 의해 어두워진 희극"이라고 비평가 조나단 베이트(Jonathan Bate)가 말했듯이, 인생이 그러하듯 두 작품 모두 희극적인 요소와 비극적인 요소가 혼합되어 있는 희비극이라고도 하겠습니다. 『한여름 밤의 꿈』이라는 이 희비극에서 아테네의 통치자 테시우스는 불완전한 연극을 닮은 우리 인생에 대한 관대한 신의 조망을 보여줍니다. 어차피 최상의 연극도 공연이 끝나면 영원히 사라질 것입니다. 그림자도 안 남기고. 우리의 인생도 등장시간이 끝나면 영원히 사라질 겁니다. 그 등장시간은 순간일 수도 있습니다.

로미오는 사랑에 빠진 햄릿이라고 할 수 있습니다. 햄릿은 극의 마지막에서 삶의 실존적 유한성을 깨닫고 고백합니다.

**햄릿** 곧 끝날 거야. 그 간격만이 나의 소유일 뿐.
인간의 삶이란 '하나'라고 셀 동안도 못되네. (*Hamlet* 5.2.73-74)

이제 햄릿은 다가오는 종말을 선선히 맞을 준비가 되었습니다. 인생을 "하나"라는 "순간"으로 직관하는 햄릿의 시간에 대한 깨달음은 그를 죽음으로부터 자유롭게 합니다. 비로소 햄릿은 자신에게 주어진 반복될 수 없고 취소할 수도 없는 일회적인 생에 대한 책임으로부터 도망가지 않고 닥쳐오는 모든 것을 온몸으로 맞이합니다. 이때야말로 죽음과 유한한 생의 허무로부터 진정 자유로울 수 있는 때입니다.

실로 유한한 인간이 할 수 있는 최선은 닥쳐오는 모든 것을 온 가슴으로 맞이할 준비를 하는 것임을 우리는 햄릿과 더불어 말할 수 있습니다. "준비가 전부이다.”라는 햄릿의 말은 『리어왕』 5막 2장에서 에드가를 통해 “때가 무르익기를 기다리는 것이 최선”이라고 표현되고 있습니다.

에드거　　인간은 이리로 온 것을 참아내야 하듯이
떠나가는 것도 참아내야 하는 거야.
때가 무르익기를 기다리는 것이 최선. (*King Lear* 5.2.10-11)

## 2. 밥 먹기만큼 합법적인 마술

예술을 통해 우리가 창조해낸 모든 것이 ‘믿도록 꾸며진 것’이고, 꿈에 지나지 않으며, ‘현재의 공상’일 뿐이라고 말한다면 예술에 대한 경멸이 될까요? 만약 예술이 아닌 모든 것, 즉 매일 매일의 모든 현실이 또한 일종의 꿈이라면요? 『겨울 이야기』에서 ‘믿도록 꾸며진 것’과 변장(disguise)은 주인공 리온티즈 왕의 절망과 죽음이 되는 동시에 그의 부활의 수단이 되고 있습니다. 이 극의 클라이막스는 허미온의 동상이 사람이 되어 좌대에서 걸어 내려오는 장면입니다. 이 장면에서 인물들은 제의에 참가하는 예배자들의 수용과 겸허의 분위기를 구축합니다. 사제 역을 맡은 이 장면의 연출자 폴리너는 음악을 도구로 써서 허미온의 동상이 따스한 체온을 가진 생명을 입은 인간이 되어 걸어 나오도록 인도합니다.

폴리너　　이제는 여러분의 믿음을 깨울 때입니다. 그리고 모두 가만히 서세요.
연주를.
제가 하고자 하는 것이 불법적인 행위라고 생각하시는 분은 떠나주십시오.
악사들, 상을 깨우시오. 연주를 시작하세요! (*음악*)

시간이 됐어요. 허미온. 내려오십시오. 이제는 돌이 아닙니다.
이리오세요. 여기 계신 분들을 죄다 놀라게 해 주십시오.

자, 오세요. 무덤은 제가 봉해 놓겠어요.
움직이시오. 자, 나오십시오. 무감각을 죽음에게 양도하십시오.
왕비 전하는 죽음의 손으로부터 소중한 생명을 되찾은 것이니까요.

*허미온이 좌대에서 내려옵니다.*

보십시오, 상이 움직입니다.
놀라지 마십시오. 상이 하는 일은 신성합니다.
저의 기술이 합법적임을 이미 말씀드렸듯이. (*The Winter's Tale* 5.3.94-105)

허미온의 동상이 리온티즈 왕을 포옹하자, 리온티즈는 이렇게 말합니다.

**리온티즈** 아, 따뜻하군! 이것이 마술이라면 마술은 밥 먹는 것만큼
정당한 행위로 인정받아야 해. (5.3.109-11)

## 3. 예술 우위에 서는 자연

### 1) 초가도 궁궐도 똑같이 비추는 해

『겨울 이야기』 4막 4장에서 시골 양치기의 딸인 퍼디타(Perdita)는 자신을 가혹하게 질타하는 폭군 폴릭세네스(Polixenes) 왕에게 힘주어 말합니다.

**퍼디타** 이제는 모든 게 끝났어요.
하지만 저는 그렇게 무섭지는 않아요.
언젠가 임금님께 이 말씀을 분명히 드리려고 했어요.
임금님의 궁정을 비치고 있는 바로 그 해님은, 얼굴을 가리지 않고,
제 초가집도 똑같이 굽어보신다고요. (4.4.422-26)

이것은 구약의 『욥기』에서 하나님이 욥에게 들려주는, 인적이 없는 초원에 비가 쏟아져 풀을 자라게 하고, 야생마와 야생우가 모든 인간의 유용성 저쪽에서 영위하는 삶과 같습니다. 이 비를 내리고 햇살을 비추는 신은 인간이 한 번도 생각할 수 없는 자들을 위해 염려하고 키웁니다. 왕궁도 초가도 똑같이 햇살을 비추는 자연을 상기시키며 셰익스피어는 인간의 모든 경제적 고려들과 척도들을 상대화하는 우리의 시선이 저 존재를 향하도록 이끌어갑니다.

### 2) 마법보다 강렬한 연민

『태풍』(*The Tempest*)에서 주인공 프로스페로는 복수를 위해 마법으로 폭풍을 일으켜 원수들을 그의 수중으로 끌고 옵니다. 마법은 그가 터득한 최고의 인문학적 지식의 결정체로서 Art의 극치라고 할 수 있습니다. 그러나 이 극의 끝에서 그는 마법 책을 바다에 던지고, 마술 지팡이를 꺾고, 심복으로 부리던 요정 에어리얼을 놓아줍니다. 프로스페로는 그에게서 밀라노 공국을 찬탈하고 어린 딸과 함께 그를 추방했던 안토니오 일당들을 마술을 써서 잔혹하게 처단하여 성공적인 복수극을 성취할 수도 있었을 겁니다.

그러나 그의 복수와 증오심을 화해와 용서로 바꾸어 놓은 것은 공기의 요정 에어리얼과 딸 미란다의 솟구치는 연민 때문이었습니다. 거침없이 몰아치는 폭풍 속에서 침몰하는 배에 탄 인간들의 고통스러운 절규를 들을 때 솟구치는 연민의 힘은 가히 마술의 힘을 능가할 만큼 강력한 것이었습니다!

셰익스피어의 극은 연민이야말로 인간이 보여줄 수 있는 최고의 선임을 부각해줍니다. 자연스럽게 터져 나오는 양심의 외침에 귀를 기울이는 연민의 힘이야말로 아무리 정교하고 철저하게 연출된 각본도 좌절시키는 구원적인 힘이라는 것을 보여줍니다. 『맥베스』에서 Lady Macbeth는 겁 많은 남편 대신 던컨왕을 해치우기 위해 칼을 들었지만 실패하고 맙니다. 그녀는 고백합니다.

**레이디 맥베스** 잠든 왕이 내 친정아버지를 닮지만 않았어도, 나는 그 일을 해치울 수 있었을 거다. (2.2.13-14)

그녀는 무방비상태로 잠든 노왕의 얼굴에서 친정아버지의 모습을 봅니다. 그것은 던컨왕의 살해 계획을 치밀하게 짜던 때엔 전혀 상상도 하지 못한 일이었습니다.

## 4. 말이 끝나는 곳에 음악이

『태풍』의 5막 1장에서 프로스페로는 폭풍을 일으키고 재우던 그의 "거친 마술"(rough magic)을 포기하겠다고 선언한 뒤 천상의 음악을 요청합니다. 이 행위야 말로 이 극의 클라이막스라 할 수 있습니다. 프로스페로가 평생 몰두하며 터득했던 마술의 포기야말로 실로 '위대한 포기'라 하겠습니다.

**프로스페로** 그러나 이 격렬한 마술을 이젠 그만 포기하겠다.
어떤 신성한 음악을 연주해달라고 요청할 때에는
바로 지금이 그러한 때인데,
그 음악이 흐를 때 나는 내 마법의 지팡이를 분질러서 땅속 깊이 파묻고
마술 서적은 측연도 닿지 않는 깊은 바다 속에 던져 넣어 버릴 것이다. (5.1.50-57)

『태풍』의 주인공 프로스페로는 12년간 외딴 섬을 그의 마술로 지배해왔습니다. 그

는 마법의 힘을 이용해 폭풍을 일으켜 원수들을 그의 수중으로 끌고 옵니다. 마침내 그는 마술을 써서 물리적으로 몸을 지배할 수는 있어도, 결코 마음을 지배할 수 없음을 발견합니다. 끝까지 뉘우치지 않는 아우에게서뿐만 아니라 아우를 용서하기 힘든 자신에게서도 말이죠. 사실 그의 마술은 그에게 절대적인 자기 통제술(self-control)을 가르쳐 주었어야 했지만, 그가 이것을 획득하는 데 실패했음을 이 극의 끝은 분명히 보여줍니다. 햄릿은 우리에게 더 들려줄 말이 있다고 말하는 것으로 극을 끝내지만, 프로스페로는 "있는 그대로 놓아줄 것"(let it be)을 말하며 극을 끝냅니다.

『태풍』은 셰익스피어가 단독으로 쓴 마지막 극이기도 합니다. 마술로 섬을 통치해온 주인공인 마법사 프로스페로가 마침내 마법 지팡이를 꺾어 바다에 던지고 외딴 섬을 떠나 고향 밀란으로 떠나가는 이야기는 언어의 마술로써 무대를 압도해왔던 셰익스피어가 마침내 언어의 한계를 통감하며 활동무대를 떠나 고향 스트렛포드로 돌아가는 무대 고별사라고 해석할 수 있습니다. 이 마법사는 셰익스피어와 더불어 고백합니다. 언어가 끝나는 곳에서 음악이 시작되고 있음을. 인간 내면의 폭풍을 잠재우고 치유하는 힘을 가진, 하늘로부터 지상의 인간에게 울려 퍼지는 음악이야말로 진정한 언어의 확장임을. 스스로 성취한 '기술'을 무효화하고 상대화하는 하늘저편에서 내려오는 천상의 음악과 자연의 음악에 겸허히 자신을 연다면, 겨울 왕 리온티즈도, 알론소도 아름다운 인간이라 할 수 있을 것입니다.

## 5. 그럼에도 불구하고

### 1) 불행이 선사하는 기적

"그럼에도 불구하고"는 셰익스피어의 전 작품세계를 관통하는 핵심적인 화두입니다. 이것은 셰익스피어의 인간학을 압축해주고 있고 그의 삶에도 적용됩니다.

셰익스피어가 들려주는 인간과 세상 이야기에서 우리가 발견하는 진리란 다분히 역설적인 진리입니다. 『리어왕』에서 막내딸 코델리아가 아버지에게 내쳐진 채 한 푼의 지참금도 없이, 아버지로부터 한마디 축복도 없이 이국땅 프랑스로 떠나갈 때 프랑스 왕은 코델리아에게 이렇게 고백합니다.

**프랑스 왕** 당신은 가장 가난함에도 불구하고 가장 부유하고,
가장 버림받았음에도 불구하고 가장 선택받고,
가장 멸시받았음에도 불구하고 가장 사랑받을 수 있었던,
값이 매겨질 수 없는 동시에 가장 값나가는 아름다운 인간이요. (1.1.245-47)

"그럼에도 불구하고"는 세상과 인간에 대한 셰익스피어의 관찰이 요약해주는 비전이며 주제가 되는 동시에 극의 구조와 이야기 방식을 구축하기도 합니다. 리어왕은 왕국분할 장면에서 "언니들보다 더 비옥한 영토를 따내기 위해 부왕을 얼마나 사랑하는지에 대해 공표할 말이 아무것도 없다고(nothing) 말한 코델리아를 향해 이렇게 선포합니다.

**리어** 아무 할 말이 없다면 아무것도 줄 수 없다. (1.1.85)

다시 말하면 무에서 나올 것은 무다(Nothing comes out of nothing). 그러자 광대가 리어에게 묻습니다.

**광대** 아무 것도 아닌 것은 정말 아무 소용이 없나요?
Can you make no use of nothing? (1.4.115)

왕관을 벗은 리어는 심한 폭풍우가 내리치는 밤에 두 딸의 성에서 쫓겨납니다. 한때 왕이었던 그는 주린 배를 움켜쥐고 폭풍우 치는 황야에서 머리 둘 곳 없이 떠도는 가장 가련한 존재로 추락하게 되죠. 전부(everything)였던 왕의 자리로부터, 철저히 박살 나 아무것도 없는(nothing)의 자리로 추락한 리어에게서 기적이 일어납니다. 그는 그의 곁에서 함께 떨고 있는 어릿광대에게 말합니다.

**리어** 춥지? 나도 춥구나. 가엾은 녀석, 내 맘 한구석에
네가 안 됐다는 생각이 드는구나. (3.2.66-67; 70-71)

자기 때문에 고생하며 괴로움을 겪는 상대방의 고통에 눈이 열리고 연민을 느낄 수 있게 된 것은 리어에게 80 평생 처음 일어난 기적이었습니다. 이 시점에서 리어는 자신에게서 일어나는 기적을 목격하게 하는 고통의 신비와 함께, 천한 것을 가지고 소중한 것을 만들어 내는 가난의 신비를 체험합니다.

"무"에서 나올 것은 결코 "무"가 아니었습니다. 오히려, 오로지 "무"(nothing)에서야 말로 모든 것이, 진정으로 소중한 전부 "everything"이 나오고 있음을 우리는 리어를 통해 목격합니다. "nothing"의 자리에서 시작되고 있는 구원의 가능성! 그것은 안전을 구축하고 행복을 보장하던 모든 기반이 비워지는, 죽음의 고통을 겪은 이후에야 온전히 신비로운 기적의 체험으로 인도된다는 역설적 진리이기도 합니다. 켄트는 힘주어 말합니다.

**켄트** 불행을 겪어본 자만이 기적을 만날 수 있다. (2.2.148-49)

### 2-1) 이유와 척도 저편에: "아무 이유 없습니다. 없습니다."(No cause, no cause.)

폭풍우 속에서 밤을 지낸 후 실성한 리어는 잠에서 깨어나 막내딸 코델리아를 마주하게 됩니다.

**리어** 이 숙녀분은 내 딸 코델리아 같소.

**코델리아** 네, 저예요. 저예요.
I am, I am.

**리어** 네가 나에게 독주를 내린다면, 나는 마시겠다.
나는 네가 나를 사랑하지 않는 걸 알아.
왜냐하면 나에게 잘못을 범한 네 언니들은 그럴 이유가 없지만,
너는 나를 사랑하지 않을 이유가 있으니까.

**코델리아** 이유 같은 건 없어요. 아무 이유 없어요.
No cause, no cause. (4.6.66-73)

'사랑의 무한한 긍정'을 담고 있는 코델리아의 "I am", 즉 '저예요'라는 말은 자아를 어떤 울타리 속에도 가두지 않고 무한히 열어놓는 말입니다. 이 개방은 곧 사랑입니다. 사랑의 개방은 이유(cause)를 따지지 않습니다. "너는 나를 사랑하지 않을 이유가 있어. 나는 너에게 잘못을 범했어."라고 말하는 리어에게 코델리아는 "No cause, 아무 이유 없어요."라고 간단히 대답합니다. 이 대답에서 모든 척도와 이유가 초월되고 있습니다. 이러한 차원에 오른 코델리아는 이제 결혼과 함께 아버지와 남편 간의 사랑이 반분된다는 합리적 이치를 주장하던 과거의 자리에서 벗어나 남편과 아버지 둘 다를 온전히 사랑할 수 있을 것입니다. 코델리아에게서 분출되는 선의 힘, 사랑의 샘이야말로 실성한 리어가 그녀를 알아보도록 이끄는 힘이었습니다. 이 힘은 인간의 제한된 인식 능력 훨씬 우위에서 쏟아지고 있습니다.

가장 높은 차원에 도달한 코델리아의 "이유"를 초월한 사랑은 오셀로의 사랑

과 첨예하게 대조됩니다. 『오셀로』 5막 1장은 이 비극의 결말이 되는 장면입니다. 오셀로는 이아고의 간계에 빠져 아내 데스데모나가 부정하다고 확신합니다. 잠든 그녀를 죽이려고 다가가면서 그는 그녀의 아름다움 때문에 마음이 흔들립니다. 그녀에 대한 연민에 압도되려는 자신에게 그는 잊어서는 안 될 엄연한 이유가 있다고 거듭 다짐합니다. 그녀는 부정을 저질렀고 부정의 대가는 죽음이고, 그가 그녀를 죽이는 것은 복수가 아니라 정의의 심판이라고, 일단 그녀를 죽이고 그녀를 계속 사랑할 거라고.

**오셀로** 내 영혼에 걸고 단언컨대 바로 저 죄 때문이야,
정말이지 저 죄가 그 이유지.
정숙한 별들이여, 내 입으로 그대 앞에서 그 죄목을 밝히지 않게 해다오.
바로 그 이유 때문이지. 그러나 나는 그녀의 피를 흘리지 않으리라.
눈보다 더 희고 대리석 묘비만큼이나 매끄러운 살결에 상처하나 내지 않으리라.
그러나 어쨌든 죽어야만 해. 그렇지 않으면 더 많은 남자를 배반할 테니까.
촛불을 먼저 끄고 생명의 불을 끄겠다.
타오르는 촛불이여, 내가 너를 끄더라도 나는 다시 네 생명을 되살려 놓을 수 있지만,
아, 내 마음을 바꿔야 한단 말인가! 자연의 가장 정교한 피조물인 그대의 생명의 불을 일단 끄고 나면 나는 그대의 불을 다시 되살릴 저 프로메테우스의 신성한 불길을 어디서 당겨올 수 있을지, 난 결코 알 수가 없거늘!
내가 그대 장미를 꺾으면 난 그 생명력을 되살릴 길이 없으니 시들 수밖에 없구나.
아직은 꺾이지 않은 그대 향기를 맡아 보리라. [*그녀에게 키스한다.*]
오 향기로운 숨결이여, 정의의 신도 이 향기를 맡으면
처벌의 칼을 분질러 버리고 싶을 것이다. 한 번 더, 한 번 더.
죽더라도 이 모습 그대로 있어주오. 나는 그대를 죽인 후
이후로 사랑하리라. 한 번 더, 이번이 마지막.

이토록 감미로운 여인이 그토록 치명적이라니. 울 수밖에 없구나.
그러나 이 눈물은 용서 없는 준엄한 눈물, 이 슬픔은 천상의 슬픔,
사랑하는 자를 채찍으로 징계하시는 저 하늘의 슬픔. (*Othello* 5.2.1-22)

### 2-2) 줄리엣의 신비로운 경제학: 당신에게 주면 줄수록 나는 더 갖게 되지요

로미오가 줄리엣을 처음 만났던 날 밤 줄리엣의 방 창문 아래로 숨어들어온 로미오는 사랑의 날개가 원수 가문의 높은 돌담을 가볍게 넘어 줄리엣에게 인도했다고 고백합니다. 로미오는 이름의 포기와 함께 새로 태어나기를 갈망합니다. 떠나가기 전, 로미오가 줄리엣에게 사랑의 맹세를 교환하자고 제안하자 줄리엣의 대답이 보여주는 신비로운 사랑의 경제학은 마침내 줄리엣이 성취한 사랑의 최고의 경지를 보여줍니다.

**줄리엣** 당신이 청하시기도 전에 이미 당신에게 드린걸요.
. . . 당신께 드리면 드릴수록 저는 더 많아지지요.
저의 마음은 바다와 같이 한이 없고, 저의 사랑도 바다와 같지요.
두 가지 다 끝이 없으니까요. (2.2.128; 133-35)

과연 사람에 있어 맹세는 얼마나 유용한 것일까요? 줄리엣의 존재의 근거는 사랑이고 그녀의 존재와 사랑은 바다와 같습니다. 이 세상의 모든 시내와 지류를 받아들이는 바다는 모든 것을 포용하며 끊임없이 움직이고 출렁이며 새롭게 하고 새로운 생명을 잉태하고 키워냅니다. 바다는 정지를 모릅니다.

### 3) 죽음만큼 강력한 사랑

셰익스피어는 자신의 모든 극을 통해 '사랑은 죽음만큼 강력하다'는 통일적인 신앙을 보여줍니다. 『겨울 이야기』에서 허미온의 부활은 그 결정적인 증거입니다.

그녀의 부활은 죽음에 대한 그녀의 승리로서 딸 퍼디타와 플로리젤 왕자의 사랑을 완성해 주고 있습니다. 또한, 허미온이 살아서 돌아온 것은 사랑이 결코 시간에 놀아나는 바보가 아니라는 산 증거입니다. 고통은 뺨을 축낼 수는 있어도 결코 정신을 축내지는 못했고 시간은 그 승리 속에서 마침내 그 자체의 패배를 가져왔습니다. 『겨울 이야기』는 이러한 역설적인 진리를 극화하며 궁극적인 승리자는 시간이 아니라 은총임을 보여줍니다. 리온티즈가 은총(Grace)에 눈과 귀를 열자 그가 잃어버렸던 과거 16년간의 세월이 살아나고, 그의 현재가 살아나고, 구원의 가능성으로서의 그의 미래 또한 살아납니다. 하지만 『겨울 이야기』는 결코 지나간 고통을 삭제하지 않으며, 인간 조건에 대한 탐색으로서 시간이 의미하는 것과 인간에 대한 행위를 주시하고 있습니다. 어느 셰익스피어 비평가의 관찰을 빌어 셰익스피어가 그의 등장인물들을 통해 들려주는 말에 귀 기울여 봅시다.

"자신의 베개머리에서 목 졸린 데스데모나, 리어의 품 안에서 껄떡거리다가 뻣뻣해진 코델리아. 이것이 모든 것의 끝일 수는 없다! 내가 신이라면. . . '그러나 나는 어떤 몇 가지를 내 자신이 창조해낼 수 있기에 신인 것처럼 느낀다.'라고 말하는 셰익스피어의 음성을 여러분은 듣는다. 잘못이 바로 잡히는 또 다른 세계가 있을 수도 있고 없을 수도 있다. 따스하고 친절한 이 세상이 내가 아는 전부일 뿐이다. 보다 새로운 세대들 속에서 이 세계의 존속이 존재한다. 아버지의 죄는 아이들에게 닥쳐오지 않을 것이다. 그리하여 우리는 우리를 위해 창조된 마리나와 퍼디타와 미란다를 가진다. 이 세상의 약속을 새롭게 하면서, 사랑하고 아이들을 잉태하도록 만들어진 사랑스러운 피조물들을."[4)]

그런데 『로미오와 줄리엣』의 끝에는 "이 세상의 약속을 새롭게 하면서, 사랑하고 아이들을 잉태하도록 만들어진 사랑스러운 피조물"이 남겨지지 않습니다. 줄

---

4) 지난 100년 동안 애독되어 왔던 셰익스피어 비평서 중 하나인 Arthur Quiller-Couch의 책, *Notes on Shakespeare's Workmanship* (1917) 273.

리엣도 로미오도 죽습니다. 하지만 그들은 죽음을 통해서 부모를 다시 태어나게 합니다.

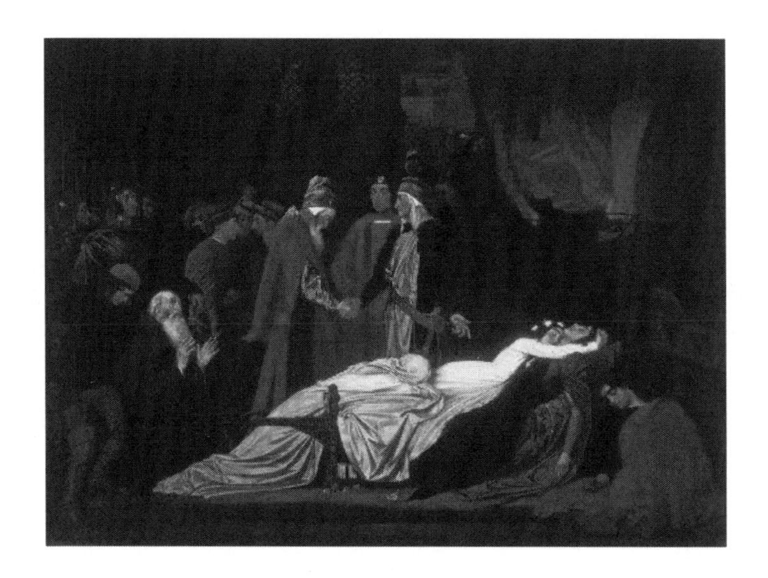

## ▌참여예술인 프로필

연출 | **박정의**

극단 초인 대표, 연출가
동국대학교 영어영문학과 졸업
2019 아시안아츠어워즈, 베스트디렉터·베스트프로덕션 수상
2018 한국연출가협회, 올해의 연출가상 수상
2012 거창 국제공연예술제, 대상·연출상 수상
현재 한국연극협회 서울지회 성북지부장
밀양 공연예술축제 예술감독 역임
연극 ≪스프레이≫, ≪특급호텔≫, ≪원맨쇼 맥베스≫, ≪기차≫, ≪눈뜬 자들의 도시≫, ≪선녀와 나무꾼≫, ≪유리동물원≫, ≪벚꽃동산≫ 외
뮤지컬 ≪봄날≫ 외

배우 | **이상희**

2019 THE STAGE Winner Edinburgh Award(에딘버러 페스티벌 The Stage 선정 최고의 배우상)
2012 김천 국제가족연극제, 최우수연기상
연극 ≪스프레이≫, ≪특급호텔≫, ≪원맨쇼 맥베스≫, ≪기차≫, ≪눈 뜬 자들의 도시≫, ≪선녀와 나무꾼≫ 외
영화 ≪련희와 연희≫, ≪늦게 온 보살≫ 외

배우 | **고동업**

신화극장 대표, 배우·연출·쇼닥터·극단 아리랑 단원
2003 아시테지 12회 국제아동청소년연극 연출상
연극 ≪배꼽춤을 추는 허수아비≫, ≪아버지≫, ≪피아노 포르테 나의 삶≫ 외
영화 ≪염력≫, ≪무지개 여신≫, ≪유품 정리인≫, ≪질식≫, ≪선종무문관≫ 외

배우 | **김수원**
공연제작소 배우리 대표
연극 ≪맥베스≫, ≪선녀와 나무꾼≫, ≪햄릿≫, ≪개미집≫, ≪눈 뜬 자들의 도시≫ 외
영화 ≪택시운전사≫, ≪침묵의 나선≫, ≪변산≫ 외

배우 | **이빛나**
연극 ≪곰≫, ≪묘안동네극≫
뮤지컬 ≪에어포트베이비≫, ≪까망돌 이야기≫, ≪바다에 꽃이 피다≫ 외

영상편집 | **이건희**
기타리스트 겸 작곡가
제9회 나스락 페스티벌 은상 수상
현재, ㈜ 야기스튜디오 작곡가 및 음향 엔지니어로 재직, ㈜ 에이톤 뮤직 전속 작곡가로 활동 중

2부

# 노래와 음악을 통해 듣는 셰익스피어 이야기

엘리자베스 시대의 악기들

## 1. 오, 사랑하는 그대O mistress mine (*Twelfth night* 2.3)

김재남 옮김

오 사랑하는 그대, 어디를 배회하는가? O mistress mine, where are you roaming,
걸음을 멈추고 들어 주오. 그대, 님이 O, stay and hear; your true love's coming,
높고 낮은 노래를 부르며 오고 있으니. That can sing both high and low:
애인이여, 이제 더 가지 마오. Trip no further, pretty sweeting;
여로의 끝은 사랑의 상봉, Journey's end in lovers meeting,
이는 모두가 아는 일. Every wise man's son doth know

사랑이란 미래에 있지 않는 것, What is love? 'tis not hereafter;
이 기쁨은 지금의 웃음. Present mirth hath present laughter;
내일 어이 되려는지. What's to come is still unsure:
망설이면 허무해지는 일, In delay there lies no plenty;
자, 어서 키스해 주우, 달콤히, 무수히. Then come kiss me sweet and twenty,
청춘이란 지속하지 않는 것. Youth's a stuff will not endure.

## 2. 그 옛날 어린 시절엔When that I was a little tiny boy (*Twelfth Night* 5.1)

김재남 옮김

그 옛날 어린 시절엔, When I that I was and a little tiny boy,
헤이, 호, 바람과 비. With hey, ho, the wind and the rain.
장난을 해도 괜찮았지, A foolish thing was but a toy,
날마다 비는 오시네. For the rain it raineth every day.

그러나 자라 어른이 되어선, But when I came to man's estate,

헤이, 호, 바람과 비. With hey, ho, the wind and the rain,
깡패나 도둑은 통하지 않더라, 'Gainst knaves and thieves men shut their gate
날마다 비는 오시네. For the rain it raineth every day.

그러나 가엾게도 아내를 맞게 되어선, But when alas I came to wife,
헤이, 호, 바람과 비. With hey, ho, the wind and the rain,
허풍으로 안통하니 허기져, By swaggering could I never thrive,
날마다 비는 오시네. For the rain it raineth every day.

그러나 자리에 눕게 되어도, But when I came unto my bed,
헤이, 호, 바람과 비. With hey, ho, the wind and the rain,
취기는 좀처럼 깨이지 않네, With toss-pots still had drunken head.
날마다 비는 오시네. For the rain it raineth every day.

아득한 옛날 천지는 개벽했고, A great while ago the world began,
헤이, 호, 바람과 비. With hey, ho, the wind and the rain,
모두가 같으네 막이 내리는 인제, With hey, ho, the wind and the rain,
날마다 애써 당신을 기쁘게 해드리겠소. And we'll strive to please you every day.

## 3. 우리 님을 어떻게 알아낼까요? How should I your true love know? (*Hamlet* 4.5)

김재남 옮김

우리 님을 어떻게 알아낼까요. How should I your true love know
남의 님과 구별하여? From another one?
지팡이와 미투리에, 파립 쓴 By his cockle hat and staff,
순례의 나그네가 우리 님. And his sandal shoon.

임은 갔어요, 영영, He is dead and gone, lady,
영영 갔어요. He is dead and gone;
머리맡엔 초록 잔디풀, At his head a grass-green turf,
발치에는 묏돌 하나. At his heels a stone.

수의는 산정의 눈과 같이 희고— White his shroud as the mountain snow,
꽃 속에 파묻혀 Larded with sweet flowers;
북망산 길 떠나네, Which bewept to the grave did go
사랑의 눈물은 비 오듯 하고. With his true-love showers.

## 4. 사랑했음을 진저리치나니 I loathe that I did love (*Hamlet* 5.1) –Grave Digger's song[1]

김해룡 옮김

사랑했음을 나 진저리치나니, I loathe that I did love,
젊은 날엔 달콤하다 여겼네. In youth that I thought swete:
세월이 내 이득을 요구하니 As time requires for my behoue
셈이 맞지 않는 것이네. Me thinkes they are not mete.

1)  

## 5. 술잔을 부딪치세And let me the canakin clink (*Othello* 2.3)

이영주 옮김

술잔을 부딪치세 짠짠짠. And let me the canakin clink, clink, clink.
술잔을 부딪치세 짠! And let me the canakin clink!
군인도 사람이요, A soldier's a man,
인생은 그저 순간. A life's but a span.
그러니 군인도 마셔보세! Why then let a soldier drink!
그러니 군인도 마셔보세! Why then let a soldier drink!

## 6. 버드나무 노래The willow song (*Othello* 4.3)

이영주 옮김

불쌍한 여인 한숨 지며 The poor soul sat sighing
무화과나무 아래 있네. by a sycamore tree,
모두 노래하라. 푸른 버들. Sing all a green willow.
가슴에 손 얹고 Her hand on her bosom
무릎에 머리 묻고, her head on her knee,
노래하라. 버들 버들 버들. Sing willow willow willow.
맑은 시냇물 곁에 흐르며 The fresh streams ran by her
슬픔을 얘기하네. and murmured her moans.
노래하라. 버들 버들 버들. Sing willow willow willow.
그녀의 쓰라린 눈물 흘러 Her salt tears fell from her
바위를 녹이네. and softened the stones.
노래하라. 버들 버들 버들. Sing willow willow willow.
서두르자. 그이 곧 오실 테니. Prithee hie thee and he'll come anon.

노래하라. 버들 버들 버들. Sing willow willow willow.
내 사랑 거짓이랬더니, I call'd my love false love,
그이 뭐랬던가? but what said he then?
노래하라. 버들 버들 버들. Sing willow willow willow.
푸른 버들 나의 화환되리니. All a green willow must be my garland.
노래하라. 버들 버들 버들. Sing willow willow willow.

## 7. 가져가라, 아 저 달콤했던 입술을 Take, O take those lips away (*Measure for Measure* 4.1)

김재남 옮김

가져가라, 아 저 달콤했던 입술을, Take, O take those lips away,
거짓 맹세한 저 입술을. That so sweetly were forsworn,
가져가라, 그 눈도, And those eyes, the break of day,
아침의 햇빛 같았던 그 눈도 Lights that do mislead the morn;
그러나 되돌려다오, 내 키스를, But my kisses bring again
헛되이 눌러버린 사랑의 인장을. Seals of love, but sealed in vain.

## 8. 연인과 그의 색시가 It was a lover and his lass (*As you like it* 5.3)

김재남 옮김

연인과 그의 색시가, It was a lover and his lass
헤이, 호, 헤이 노니노 With a hey, and a ho, and a hey nonny no,
푸른 보리밭을 넘어 가네, That o'er the green corn-field did pass,
봄철, 약혼하는 계절에, In spring time, the only pretty ring time,
새들도 노래하네, 헤이 딩, 딩, 딩, When birds do sing, hey ding a ding, ding;
애인들은 봄철을 좋아하네. Sweet lovers love the spring.

귀리 밭둑에, Between the acres of the rye
헤이, 호, 헤이 노니노, With a hey, and a ho, and a hey nonny no,
예쁜 시골 사람들 눕고, Those pretty country folks would lie
봄철, 약혼하는 계절에, In spring time...
새들도 노래하네, 헤이 딩, 딩, 딩, 딩, When birds do sing, hey ding a ding, ding;
애인들은 봄철을 좋아하네. Sweet lovers love the spring.

그때 그들 노래 부르네, This carol they began that hour,
헤이, 호, 헤이 노니노, With a hey, and a ho, and a hey nonny no,
그 인생 꽃만 같고, How that a life was but a flower,
봄철, 약혼하는 계절에, In spring time, the only pretty ring time,
새들도 노래하고, 헤이 딩, 딩, 딩, 딩, When birds do sing, hey ding a ding, ding;
애인들은 봄철을 좋아하네. Sweet lovers love the spring.

그러니 그때를 놓치지 말라,
헤이, 호, 헤이 노니노, With a hey, and a ho, and a hey nonny no,
사랑은 지금이 한창이로다,
봄철, 약혼하는 계절에, In spring time, the only pretty ring time,
새들도 노래하네, 헤이 딩, 딩, 딩, When birds do sing, hey ding a ding, ding;
애인들은 봄철을 좋아하네. In spring time...

## 9. 초록 소매Greensleeves (출처: *The Merry Wives of Windsor* 2.1, 5.5)

김해룡 옮김

오, 내 사랑 내게 몹쓸 짓을 하오. Alas, my love, you do me wrong,
무례하게 날 내치다니. To cast me off discourteously.
나 그대를 오래 사랑했고, And I have loved you so long,
그대와 함께 해 기뻤소. Delighting in your company.

그대의 황금실 화려하게 자수된 With gold embroidered gorgeously;
아름다운 순백의 비단 속옷, Thy smock of silk, both fair and white,
그대의 세마포 패티코트, Thy petticoat of sendal right,
내 기꺼이 다 사주었소. .And these I bought thee gladly.

아 그대 이젠 안녕, 안녕, Ah, Greensleeves, now farewell, adieu,
주의 은총이 함께 하시길, To God I pray to prosper thee,
난 변치 않은 그대의 연인, For I am still thy lover true,
다시 와 날 사랑해 주오. Come once again and love me.

그대는 나의 기쁨 Greensleeves was all my joy
그대는 나의 즐거움, Greensleeves was my delight,
그대는 고결한 마음의 여인, Greensleeves was my heart of gold,
그대 나의 여인 초록 소매. And who but my lady greensleeves.

## 10. 불어라, 불어라, 겨울바람아 Blow, blow thou winter wind (*As You Like It* 2.7)

김한 옮김

불어라, 불어라, 겨울바람아 Blow, blow thou winter wind,
너는 그렇게 잔인하지 않구나. Thou art not so unkind
사람들의 배신처럼 너의 이는 그렇게 날카롭지 않구나, As man's ingratitude; Thy tooth is not so keen,
너는 보이지 않으니까, Because thou art not seen,
비록 너의 숨결이 거칠지라도. Although thy breath be rude.
헤이 호! 노래를 부르자! Heighho! sing heighho!
푸른 호랑가시나무도; unto the green holly;
대부분 우정은 거짓이고, Most friendship is feignig,

대부분 사랑은 어리석다: most loving mere folly:
그러니, 헤이호! 호랑가시나무여! Then, heighho! the holly!
인생은 매우 즐겁구나. This life is most jolly.
얼어라, 얼어라, 매서운 하늘이여, Freeze, freeze, thou bitter sky,
너는 심하게 물 수 없을 것이다 That dost not bite so nigh
은혜를 잊은 사람들처럼: As benefits forgot:
비록 물살을 휘게 한다 해도 Though thou the waters wrap,
너는 결코 날카롭지 않구나 Thy sting is not so sharp
망각한 친구만큼. As friend remembered not.
헤이호! 노래를 부르자! Heighho! sing heighho!
푸른 호랑가시나무도; unto the green holly:
대부분 우정은 거짓이고, Most friendship is feigning,
대부분 사랑은 어리석다: most loving mere folly:
그러니, 헤이호! 호랑가시나무여! Then heihho! the holly!

## 11. 다섯 길 바다 밑에 Full Fathom Five (*The Tempest* 1.2)

김재남 옮김

아버지는 다섯 길 바다 밑에 눕고, Full fathom five thy father lies;
뼈는 산호로 변하고, Of his bones are coral made;
두 눈은 진주로 변해 있도다. Those are pearls that were his eyes;
썩어야 할 몸뚱이는 죄다 Nothing of him that doth fade,
바닷물에 But doth suffer a sea-change
신기한 보물로 변하고..... Into something rich and strange.
바다의 님프들은 때때로 조종을 울린다. Sea nymphs hourly ring his knell.
딩 동. (후렴의 장단) Ding dong
들어라, 자 저 조종 소리를..... Hark! Now I hear them,
딩 동 벨. Ding dong bell.

## 12. 벌과 함께 꿀을 빨아 먹는 그곳에서 Where the bee sucks (*The Tempest* 5.1)

김재남 옮김

벌과 함께 꽃의 꿀을 빨아 먹는다. Where the bee sucks, there suck I,
종 모양의 앵초 꽃송이 속에 자리 잡고, In a cowslip's bell I lie,
누워서, 올빼미 소리를 듣는다. There I couch when owls do cry.
박쥐 등에 걸터앉아 On a bat's back I do fly
즐겁게 여름을 따라간다..... After summer merrily.
즐겁게, 즐겁게 살아가자꾸나, Merrily, merrily shall I live now
가지에 늘어진 꽃 밑에서. Under the blossom that hangs on the bough.

■ **더 참고할 서적**

| | |
|---|---|
| 1, 2번 곡 | 홍유미. 『12야』. 번역주석본. 도서출판 동인, 2016. |
| 3, 4번 곡 | 남육현. 『햄릿』. 번역주석본. 도서출판 동인, 2016. |
| 5, 6번 곡 | 이영주. 『오셀로』. 번역주석본. 도서출판 동인, 2016. |
| 7번 곡 | 김성환. 『자에는 자로』. 번역주석본. 도서출판 동인, 2014. |
| 8, 10번 곡 | 조광순. 『좋으실 대로』. 번역주석본. 도서출판 동인, 2015. |
| 11, 12번 곡 | 박정근. 『태풍』. 번역주석본. 도서출판 동인, 2014. |

세 번째 곡• **우리 님을 어떻게 알아낼까요?** How should I your true love know? (*Hamlet* 4.5)

## 『햄릿』 4막 5장: 거트루드를 꾸짖는 오필리어의 노래

해설 김해룡

오필리어의 아버지 폴로니어스가 햄릿이 찌른 칼에 비명횡사한다. 연인 햄릿에 의해 그녀의 아버지가 죽은 것이다. 앞서 부왕(父王)의 유령으로부터 햄릿은 경천동지(驚天動地)할 비밀을 들었다. 현왕(現王)인 햄릿 자신의 숙부가 부왕을 시해했다는 것이다. 이후 햄릿의 영혼에 전갈이 자리 잡는다. 사랑이 더 이상 의미가 없어진 햄릿이 오필리어를 가혹하게 내친다. 그리고 자신은 광증을 연기하기 시작한다. 오필리어가 실성할 까닭은 이것으로 충분하다. 실성한 오필리어가 왕비 거트루드를 향해 이 발라드를 부른다.

오필리어의 아버지 폴로니어스는 극중 거의 시종장(Lord Chamberlain)의 역할을 한다. 시종장은 왕실 내에서 거행되는 각종 연회를 주관하는 직책이었다. 폴로니어스는 연극 전문가의 면모를 드러내기도 한다. 셰익스피어가 이끌었던 극단이 '시종장의 충복들'(Lord Chamberlain's Servants)이었고 시종장은 극단의 후원자였다. 이 후원자의 후원으로 셰익스피어 극단은 왕실에서 공연하는 특혜를 누렸다. 이 연극 전문가 폴로니어스가 연극 『햄릿』의 주인공 햄릿의 말을 휘장 뒤에서 엿듣다가 그의 칼에 찔려 즉사한다. 극단의 후원자가 자신의 후원을 받는 극중 배우 햄릿에 의해 첫 번째로 목숨을 잃는 괴이한 아이러니가 직조되었다.

햄릿의 분노를 이해하기 위해 이야기 한 가닥을 살펴야 한다. 폴로니어스는 햄릿이 위장(僞裝)하는 광증의 진위를 간파하느라고 순전한 딸 오필리어를 미끼(decoy)로 이용한다. 햄릿이 거니는 복도에 딸을 "풀어"(I'll loose my daughter to him)(2.2.162) 놓아 둘이서 나누는 대화를 왕과 함께 휘장 뒤에 숨어 엿듣는다. 폴로니어스가 왕의 사악한 목적에 충성하느라 딸을 거리의 여인처럼 "풀어"놓은 것이다. 햄릿이 이 계략을 감지한 직후부터 그에게 오필리어는 외양과 실재가 다른 또 한 명의 적이 되었다.

'가리비조개 모자'(cockle hat)는 조개껍질을 붙인 모자이다. 이 모자에 지팡이 집고 샌들을 신으면 전통적인 순례자의 복장이 된다. 이 복장은 자신의 수호성인에게 사랑의 성취를 염원하는 사내의 복장이기도 했다. 가리비조개는 스페인의 성지 콤포스텔라(Compostela)에 안치된 성자 야고보(St. James)의 성묘를 참배했다는 것을 드러내는 상징이다. 당대 세례예식 중 침례(浸禮) 절차에 이 조개껍질이 사용되었다. 이후 순례자들이 이 껍질을 모자에 붙이기 시작했고 그 관습이 지금까지 이어지고 있다.

오필리어가 부르는 이 발라드는 충분한 애도 없이 급속히 처리된 아버지의 장례식을 향한 회한과 햄릿에 대한 그녀의 가망 없는 사랑의 슬픔을 드러내고 있다. 그러나 극중 이 노래를 듣는 대상은 거트루드이다. 오필리어가 거트루드를 겨냥하기에 이 발라드는 또 다른 의미를 생성한다. 즉, 진정한 사랑과 거짓 사랑을 구분하지 못하고 남편 살해범인 시동생과 혼인한 거트루드의 미망(迷妄)을 꾸짖는 노래가 되는 것이다. 비극인 것은 선왕(先王)의 시신에 왕비 거트루드의 "진정한 사랑의 눈물이 뿌려지지 않은"(true-love shower)(4.5.40) 것을 오필리어가 고발하는 중에도 거트루드가 노래의 진의를 인지하지 못한다는 점이다.

## 소네트 〈노쇠한 연인이 사랑을 단념하다〉

해설 김해룡

『햄릿』 5막 1장에서 무덤 파는 인부(grave-digger)가 오필리어의 묘를 파며 노래를 읊조린다. 애가(哀歌)이다. 시인 토마스 로드 보(Thomas Lord Vaux)의 소네트 <노쇠한 연인이 사랑을 단념하다>(The aged lover renounceth love)의 일부가 인부가 부르는 애가의 노랫말로 인용되었다. 14연(stanza)으로 된 이 소네트는 각 연이 4행이고 1557년에 처음으로 인쇄되어 대중에게 알려졌다. '메리여왕(1516-1558, 재임 1553-1558)시절에, 토마스 로드 보가 쓴, 죽음의 이미지를 구현한 소네트'라는 부제(副題)가 이 시에 붙었고, 시인이 임종의 침상에서 쓴 것으로 알려져 있다. 소네트들에 당대 널리 알려져 있던 노래의 곡조를 붙여 부르는 관례가 있었다. 이 관례에 따라 무대에서 인부는 당대의 노래 <숲속의 아이들>(Children in the wood)이나 <이제 잘 생각하시게>(Now Ponder Well)의 곡조를 이 시에 붙여 노래 부른다. 16세기 르네상스 시기 영국 시인의, 임종의 순간의, 정서를 필자가 우리말로 처음 옮겼다. 14연 중 무덤 파는 인부(사실상 셰익스피어)가 임의로 조합한 3연을 불러 『햄릿』에 영원히 남게 되었다. 개작 전의 3연을 포함하여 전체 14연은 『햄릿』 초기 원전(Variorum Ed. 1877)의 각주에 오랜 세월 묻혀 있었다.

이 묘지 장면에서 무덤 파는 인부들이 드러내는 주검에 대한 비정(非情)한 무관심, 오필리어의 죽음이 자살인지의 여부를 판단하느라 벌이는 외경심 없는 논쟁,

시신과 함께하는 일상을 농담과 노래로 채우는 무감각은 슬픔과 연민의 정을 자아내는 원천이다. '무덤이라 일컫는 땅의 환대에 손님(gest)으로 누가 초대될 것인지를 우리는 안다'(Variorum, p.386). 얼마나 많은 재물과, 영광, 아름다움, 사랑, 고뇌, 상심, 그리고 상념이 흙구덩이에 파묻히고 있는지도 우리는 안다.

인부는 시신이 부패하는 데 걸리는 시간을 알고 있으며, 새 묘를 쓰기 위해 종전에 있던 유골들은 다 들어낸다. 유골들은 인부에게는 일상의 한 풍경에 불과하다. 이 인부와 주검은 햄릿이 태어난 후부터 30년 동안 친근한 사이가 되었다. 묘파는 인부에게 묘지는 사람의 삶이 끝나는 곳이 아니라 자신의 일이 시작되는 곳이다. 일을 하며 그는 노래를 부르고 술도 마신다.

묘파는 인부가 오래된 무덤에서 해골을 하나 파내어 햄릿에게 건네면서 그것의 주인이 햄릿 부왕의 어릿광대였던 요릭(Yorick)이라고 알려준다. 이 요릭은 어린 햄릿을 키우다시피 했다. 이 해골을 집어 살피며 옛 기억을 떠올리는 햄릿이 최소한 연민의 정을 드러내는 것이 인지상정이다. 그러나 실상은 이러하다. 이 해골은 인부로부터 이미 존경과는 거리가 먼 대접을 받는다.

**묘파는 인부** 이 미친놈에게 염병이나 걸려라! 그 놈이 한번은 내 머리에
라인산 포도주를 병째로 들어부었지. 이 해골은, 나리,
요릭의 해골이오. 국왕의 어릿광대였던 그 놈.

. . .

**햄릿** 저런, 가련한 요릭, 나는 이 자를 알고 있었네. 호레이쇼,
무궁무진한 재담, 기막힌 상상력을 지닌 자였지. 이 자는 날
자기 등에 천 번도 더 업고 다녔네. 그런데—이제
상상만으로도 구역질이 나네. 이걸 보니 속이 뒤집혀 지네.
내가 수도 없이 입 맞추었던 입술이 여기 달려
있었지. 좌중을 웃음바다로 만들었던 그 재담, 그 익살,
그대의 노래, 그 신명나던 재치는 다 어디로 갔는가?

그대가 이를 드러내고 웃는 모습을 조롱할 자가
아무도 없다는 말인가? 아래턱은 빠져 달아나 버리고?
이제 마나님의 내실에 들어가서 전해 줘라. 한 치나 얼굴에 분칠을
해도 필경 이 꼴이 된다고. . . . (5.1.173–88)

이 어릿광대는 생전에 어린 햄릿을 수도 없이(he hath bore me on his back a thousand times)(5.1.180) 등에 업었고, 햄릿은 지금은 떨어져 나가고 없는 그의 입술에 수도 없이 입을 맞추었다(Here hung those lips that I have kissed I know not how oft)(5.1.182-3). 사실상 그는 햄릿 부왕보다 더 햄릿을 사랑하는 아버지의 풍모를 지녔던 인물이었다. 이런 그에게 햄릿이 드러내는 감정은 솟구치는 메스꺼움뿐이다.

요릭의 해골은, 유령을 휘감는 신비가 벗겨져 나간, 죽음의 실체이다. 요릭은 극의 첫 페이지 등장인물(Dramatis Personae) 난(欄)에 등장하지도 않는다. 그러나 그는 우리가 사랑했으나 유명을 달리한 모든 이들의 얼굴을 대변하고 있다. 죽은 부왕의 유령을 추종하는 동안 햄릿은 유령에게 닥쳤던 필연적 부패를 잊고 있었다. 그는 땅위에서 벌어진 살인과 응징에 강박되어, 의미 없는 삶과 소멸/부패의 강박을 한 순간 망각했다. 햄릿이 부패가 불가피한 죽음의 실체는 망각한 채 유령으로 대변되는 죽음의 환영(幻影)에 매몰되었던 것이다.

무릇 '온 세상은 무대이고'(All the world is a stage) 인류는 무대 위에 오르고 내릴 때를 기다리는 배우들이다. 이 배우들은 인간의 모든 것이 흙구덩이에 파묻히는 광경을 매 순간 목격하고 있다. 무덤 파는 인부가 이 슬픈 배우들의 혼을 달랜다. 극에서 이 진혼곡이 위로하는 대상이 오필리어의 혼에 그치지 않는다. 인류에게까지 닿는 것이다.

| The Aged Lover Renounceth Love<br>—Thomas Lord Vaux | 늙은 연인이 사랑을 단념하다<br>—토마스 로드 보 |
|---|---|
| I loathe that I did love, | 사랑했음을 나 진저리치나니, |
| In youth that I thought swete: | 젊은 날엔 달콤하다 여겼네. |
| As time requires for my behoue | 세월이 내 이득을 요구하니 |
| Me thinks they are not mete. | 셈이 맞지 않는 것이네. |
| | |
| My lustes they do me leeue, | 욕망은 떠나고, |
| My fancies all be fledde, | 환상도 사라져, |
| And tract of time begins to weaue, | 시간의 자국은 내 머리에, |
| Grey heares upon my hedde. | 백발을 짜기 시작하네. |
| | |
| For age with steyling steppes, | 발소리 죽인 세월, |
| Hath clawed me with his cowche[crowch], | 손아귀에 날 움켜쥐고, |
| And lusty life away she leapes, | 분방한 삶 남기고 떠나가니, |
| As there had bene none such. | 그건 마치 없었던 듯 했네. |
| | |
| My muse dothe not delight | 뮤즈는 지난날처럼 |
| Me as she did before: | 날 기쁘게 못하네. |
| My hand and pen are not in plight, | 내 손과 펜은 옛적처럼, |
| As they haue bene of yore. | 신의를 지니고 있지 않네. |
| | |
| For reason me denies, | 분별이 물리치라하네 |
| This youthly, idle rime: | 설익고 헛된 운율을. |
| And day by day to me she cryes, | 분별은 매일 내게 소리쳐, |
| Leaue of these toyes in time. | 일찍 하찮은 것 버리라 하네. |

| | |
|---|---|
| The wrinckles in my brow, | 이마의 주름들, |
| The furrowes in my face: | 얼굴의 이랑들, |
| Say limpyng age will hedge him now | 절뚝이는 세월이 울타리 칠 곳 |
| Where youth must geue him place. | 젊음이 내주어야 할 곳이네. |
| | |
| The harbinger of death, | 죽음의 전령이, |
| To me I see him ride: | 말 달려오는 것을 보네. |
| The cough, the colde, the gaspyng breath, | 기침과, 오한과, 헐떡이는 숨결을, |
| Doth bid me to prouide. | 예비하라 하네. |
| | |
| A pikeax and a spade | 곡괭이와 삽 하나 |
| And eke a shrowdyng shete, | 그리고 수의 한 벌, |
| A house of claye for to be made, | 땅속 흙집 만들어지리니, |
| For such a gest most mete. | 뭇 손님에게 다 맞춤이라. |
| | |
| Me thinkes I heare the clarke, | 시계소리 들리나니, |
| That knols the careful knell: | 은밀한 조종되어 울리네. |
| And bids me leue my wofull warke, | 비애의 노역에서 떠나라 하네. |
| Er nature me compell. | 죽음이 강제하기 전에. |
| | |
| My kepers knit the knot, | 운명의 신이 매듭을 짜니, |
| That youth did laugh to scorne: | 젊음이 비웃던 것이네. |
| Of me that clene shalbe forgot, | 나는 까맣게 잊힐 것, |
| As I had not bene borne. | 마치 태어나지도 않은 듯. |
| | |
| Thus must I youth giue vp, | 청춘을 단념해야 하니, |
| Whose badge I long did weare: | 그 견장을 오래 지녔네. |
| To them I yelde the wanton cup | 분방했던 잔 돌려주니 |
| That may it better beare. | 청춘이 지녀야 온당하네. |

| | |
|---|---|
| Loe here the bared scull, | 보라 여기 벌거숭이 머리, |
| By whose bald signe I know: | 그 형색으로 내 아노니 |
| That stoupyng age away shall pull, | 가득 찬 세월이 뽑아내는 것은, |
| Which youthful yeres did sowe. | 청년의 때에 심었던 것. |
| | |
| For beauty with her bande | 리본 장식의 아름다움 |
| These croked cares hath wrought: | 부질없는 근심이 수놓았네. |
| And shipped me into the lande, | 근심이 날 땅속으로 실어가니, |
| From whence I first was brought. | 나 처음 불려왔던 그 곳. |
| | |
| And ye that bide behinde, | 뒤에 살아남은 그대, |
| Haue ye none other trust: | 믿을 것 따로 없음이여. |
| As ye of claye were cast by kinde, | 그대 근본 흙으로 빚어졌나니, |
| So shall ye waste to dust. | 황폐케 되어 먼지로 남으리. |

## 이아고의 "술 노래"

해설 이영주

이아고의 "술 노래"는 『오셀로』의 2막 3장에서 승전의 축제 분위기를 고취시키는 노래다. 셰익스피어의 대표적인 악인인 이아고는 오셀로 장군의 기수로서 터키와의 전쟁을 위해 싸이프러스 섬으로 파병된다. 그러나 폭풍으로 터키 군이 전멸하면서 전쟁에서 승리한 오셀로는 싸이프러스 섬의 모든 주민들에게 자신의 결혼 축하연을 겸한 연회를 베푸는데, "술 노래"는 이처럼 승전을 축하하는 술자리에서 이아고가 부르는 흥겹고 경쾌한 노래다.

그러나 흥겨운 두 개의 "술 노래"를 부르는 이아고의 속셈은 따로 있었으니, 노래를 부르는 내내 그는 오셀로에 대한 복수를 위해 자신의 직속상관인 카시오 부관을 어떻게 이용할 것인 가에 집중한다. 따라서 그의 "술 노래"는 자신의 계략을 완성시키기 위한 제 1단계의 작전이라고 할 수 있다.

먼저 이아고는 영국에서 배웠다는 건배 노래를 부른 후, 이어 스테판 왕을 소재로 한 민요를 부르는데, 경쾌한 리듬과 코믹한 가사를 담고 있는 이 두 개의 짤막한 "술 노래"를 부르며 그는 술이 약하고 주사도 있다며 술잔을 들기를 거절하는 카시오로 하여금 자연스럽게 술에 빠지도록 분위기를 띄운다. 결국 카시오는 이아고의 의도대로 리듬과 술에 취해 주정뱅이들과 싸움을 벌이게 되고 이아고는 이를 폭동으로 확대 보고함으로써 분노한 오셀로로 하여금 카시오를 직위해제하게끔 유도하고, 이로써 마침내 비극의 서막이 열리고 만다. 흥겹고 경쾌한 "술 노래"의 아이러니컬한 결과가 아닐 수 없다.

참고로 이아고의 두 번째 술 노래를 소개하면 다음과 같다.

## 낡은 외투나 걸치라네Take thine old cloak about thee (2.3)

이영주 옮김

스테판 왕은 훌륭한 분. King Stephen was a worthy peer,
그분 바지 겨우 1크라운 His breeches cost him but a crown;
육 펜스 비싸다 여겨 He held them sixpence all too dear,
양복쟁이 촌놈이라 불렀지. With that he called the tailor lown.
그분 아주 유명한 분이셨지. He was a wight of high renown.
허나 너는 그저 비천한 놈. And thou art but of low degree:
나라 망치는 건 허세이니 'Tis pride that pulls the country down;
낡은 외투나 걸치라네. Then take thine old cloak about thee.

## 버드나무 노래

해설 이영주

"버드나무 노래"는 『오셀로』의 여자 주인공인 데스데모나가 극의 후반부인 4막 3장에서 부르는 구슬프고 애달픈 노래다. 데스데모나는 극의 초반부에서는 아버지 몰래 사랑의 도피 행각을 마다하지 않을 뿐만 아니라, 신혼의 단 꿈을 접고 새신랑인 오셀로를 따라 전쟁터로 향하는 적극적인 여성이었다. 그러나 그녀는 아아고에게 속아 갑작스럽게 자신의 정조를 의심하는 남편의 비난과 폭력 앞에 한순간에 당찬 모습을 잃고 수동적이고 나약한 여성으로 변한다.

이 노래를 부르기 전 그녀는 하녀인 에밀리아에게 노래에 얽힌 사연을 전하는데, 자신은 이 노래를 발버리라는 하녀에게서 배웠으며, 사랑하던 남자에게 버림을 받은 발버리는 이 노래를 부르며 죽었다는 것이다. 노래의 내용 역시 버림받은 여자의 애절함을 담고 있어 이후 이런 내용의 노래를 구슬프게 부르는 데스데모나 역시 비극적인 종말을 맞게 될 것임을 매우 강하게 효과적으로 암시하고 있다.

사실 "버드나무 노래"는 당시 유행하던 민요로서 노래 속의 남녀관계는 작가에 의해 의도적으로 역할이 바뀌진 것이다. 원곡에서는 사랑하는 여인에게 잔인하게 배신을 당하는 남성이 이 극의 가사에서는 오히려 자신의 연인에게 매우 잔인하고 비열하게 행동하는 것으로 그려지는데, 이는 작품 속에서 노래를 부르는 데스데모나에 대한 오셀로의 거칠고 잔인한 모습을 연상시키며 여자 주인공의 비극을 심화시키는 분위기를 만드는데 일조한다.

## "창조"와 "구원"의 아든 숲

해설 김한

『좋으실 대로』(*As You Like it*) 2막 7장에서 올란도(Orlando)는 공작이 베푸는 음식을 먹게 하려고 늙은 아담(Adam)을 인도해온다. 공작이 이들을 친절히 맞아들인다.

*올란드는 아담을 등에 업고 들어온다.*

옛 공작: 환영하오. 당신의 '귀하신 짐'(venerable burden) 내려놓으시고
음식을 드시게 하오. (2.7.168-69)

아담이 업혀서 들어오기 직전에 이 극에서 견문과 지식이 풍부한 사색가 제이퀴즈가 "이 세상 전체는 하나의 무대"로 시작되는, 인생을 7막의 연극에 빗댄 유명한 연설을 읊었다.

이 짧은 지문은 저 유명한 연설을 상대화하며 그의 진술 자체를 재고하도록 인도하기에 족하다. 이 철학자 제이퀴즈의 말대로 인생의 제 7기에 대한 정의로서

그리고 파란만장한 이 일대기의 끝장인 마지막 장면은
제 2의 어린 아이 시절이랄까, 오직 망각이 있을 뿐,
이도 없고, 눈도 없고 미각도 없고, 일체 무입니다. (2.7.163-66)

라고 한다면 우리는 "과연 인간의 생은 제 7기에 다다라 '무(nothing)'로 끝나는 것인가?"라는 물음 앞에 세워진다. 그런데 이때 등장하는 아담은 위의 연설에서 인생의 제 7기로 분류되는 팔순 노인이다.

그럼에도 옛 주인의 아들 올란도가, 찬탈자인 현재의 공작으로부터 단지 옛 공작의 충복의 아들이라는 이유만으로 모든 재산을 몰수당하고 추방령이 내려진 채 절망 중에 있는 모습을 보고 그를 위하여 평생 모아 온 자신의 장례비용 전부를 내놓는다. 아담은 자신의 목숨이 다할 때까지 올란드를 돌보기를 결심하고 아든 숲으로 그를 따라 나선다. 그의 순수하고 뜨거운 충성심에 올란도는 감동 받는다. 늙은 아담이 여독과 굶주림에 지쳐서 더 이상 못 걷게 되자 올란도는 선뜻 그를 등에 업고 음식이 있는 곳으로 인도한다. 그 자신 역시 찬탈자 아우에게서 추방당한 옛 공작은 지친 이들을 따뜻하게 맞아들인다. 아담은 오로지 아무것도 아닌 것 "nothing"이 아니라 '귀하신' 존재로 불리고 있다. 이 아담이야말로 '신의 모습'을 본 따 지어졌던 그리하여 다른 모든 피조물들이 그랬듯이 "신이 보시기에 좋았던" 타락하기 전의 아담을 상기시키고 있다.[2)]

---

2) 『창세기』의 아담은 셰익스피어의 인간이해에 대한 통찰을 제공해준다. 세계는 인간 안에서 신과 가장 직접적 관계를 맺고 있다. 『창세기』에서 신은 자신의 형상(God's image)을 따라 흙으로 빚은 후에 코에 '숨결'을 불어 넣어 아담을 창조한다. 2장 7절에서 보이듯 단지 흙이라는 질료에 불과했던 생명 없는 인간의 몸은 그에게 수그린 하느님의 입에서 호흡을 받을 정도로 그렇게 직접적이다.

"피라미드식 창조"의 최고 정점에 인간이 자리하고, 창조의 마지막 단계에 인간이 있다. 인간은 유독 셰익스피어는 그의 희극 『좋으실 대로』 2막 7장을 통해 탈진한 아담을 등에 업고 가는 올란도와 굶주린 아담을 먹이는 추방당한 옛 공작을 통해 첫 아담을 창조했던 신이 그를 창조했던 이유와 그를 동산에로 데려가 그 속에 세웠던 목적을 다시금 환기시키고 있다. 『창세기』 2장 15절은 동산 안에서의 인간의 존재 목적을 말해준다. 인간은 동산을 가꾸고 돌보기 위해서이며, 그는 동산 안의 생명체를 돌보도록 부름 받았다(85).

이제 노랫말을 음미해보기로 하자.

옛 공작: . . . 자 어서 드시오
질문으로 자네를 괴롭히지 않겠소, 자네의 운세에 대해 묻는 대신
자 음악을, 자 좋은 사촌 양반, 노래하오

*두 허기진 남자들이 음식을 먹는 동안 노래가 연주된다.* (2.7.172-74)

불어라, 불어 겨울바람아
너는 인간의 배은만큼 잔인하지 않구나.
비록 너의 숨결은 거칠어도 너의 이빨은 그렇게 날카롭지 않구나
보이지 않으니. . .
비록 너의 숨결이 거칠지라도. .
헤이 호! 노래를 부르자!
. . . .
대부분 우정은 거짓이고,

---

신의 깊은 마음속에서 우러나오는 특별하고 엄숙한 결정을 통해 창조되고 있다. "우리와 닮은 인간을 만들자. 그래서 바다의 고기와...모든...짐승을 다스리게 하자" 하시고, 당신의 모습대로 사람을 지어 내셨다(1: 26-28). "신의 형상"을 통해 인간은 다른 모든 피조물들을 훨씬 능가하고 있다. 이 형상을 보존하고 있는 (원) 인간은 "완전한 아름다움"을 보여주고 있다. 허혁 역. 『구약성서 신학』 I. Rad, Gerhard Von. *Thologie Des Alten Testaments* Band I. (서울: 분도출판사, 1976.) 81, 152.

대부분 사랑은 어리석다:
그러니, 헤이호! 호랑가시나무여!
. . . .
얼어라, 얼어라, 매서운 하늘이여,
너는 심하게 물 수 없을 것이다
은혜를 잊은 사람들처럼:
비록 물살을 휘게 한다 해도
너는 결코 날카롭지 않구나
망각한 친구만큼. .
헤이호! 노래를 부르자! . . . (2.7.175-94)

이 노래는 세찬 겨울바람보다 더욱 날카로운 이빨을 가진 잔인한 괴물은 인간임을 보여 준다. 실로 세상은 괴물로 넘쳐나고 있다. 셰익스피어는 그의 극들을 통해 인간을 괴물로 전락시킨 주범이 다름 아닌 인간임을 드러낸다. 동시에 셰익스피어는 괴물로 넘쳐나는 세상을 살아가야 하는 인간들에게 마지막 구원적 대안으로서 인간을 가리키고 있다. 궁극적으로 셰익스피어의 무대는 우리로 하여금 인간 본래의 진정한 모습을 일별하도록 인도한다. 그것은 신이 처음으로 인간을 창조했던 원래의 모습이기도 하다.[3] 이 장면에 등장하는 아담의 이름은 의미 깊다. 그는 타락하기 이전의 순진하고 순수하고 아름다운 인간의 모습을 지니고 있다.

이 노래에서 우리는 이 극의 첫 번째 주제에 대한 하나의 진술을 마주하게 된다. 자연 예찬을 보여주는 이 극에서 인물들은 극 전체에서 4/5에 해당하는 시간동안 아든 숲 속에 있다. 이 점은 노래의 의미를 파악하는 데 중요한 단서를 제공한다.[4] 노스롭 프라이가 희극을 구조적으로 설명할 때 쓰는 표현을 빌리자면 이

3) 『창세기』가 전하는 신(God)의 창조설화에서 창조와 구원은 거의 일치되고 있다(145). "철저하게 인격적인 야훼의 창조의지"에 의거하여 세계와 그 안에 있는 인간을 포함한 만물은 통일성과 연결성을 보여준다. 이 세계에서 모든 피조물들은 신이 보기에 좋도록 창조되었다. 고로 현존하게 된 피조물은 좋다.

극에서 아든 숲은 소위 도회지와 궁정세계를 상징하는 회색의 세계에 대한 대비로 초록의 세계를 상징한다. 이 초록의 숲에서 기적은 일상사이다. 아든 숲이 상징하는 것은 무엇일까.

아든 숲은 인간의 타락 이전의 에덴동산과 연관되며, 노동이 필요 없는 원초적인 세계, 시계가 존재하지 않는 무시간성, 단순함과 순진함을 함축하는 공간이다. 이 숲은 또한 우리가 이제껏 알아왔던 세계와는 다른 이상적인 세계, 잔인성과 독재와 불의의 지배로부터 자유로운 곳이다. 극 서두에서 인간들은 이러한 악들로부터 벗어나 아든 숲으로 들어간다. 그러나 이 피난은 실제적인 세계(real life)로부터의 단순한 도피가 아니며, 손쉬운 피난도 결코 아니다. 로잘린드, 실리아, 터치스톤, 올란도 그리고 아담은 육체적 탈진상태에서 아든에 당도한다.

아든 숲에 당도한 사람들에게 변화는 필수이다. 변화는 안팎으로 벌어진다. 가장 두드러진 변화는 숲에서 돌변하여 종교적인 개종을 보여주는 올리버(Oliver)와 프레데릭 공작(Duke Frederick)이라고 하겠다. 올리버와 프레데릭 공작은 숲속에서 돌연 개종하고 찬탈자 프레데릭 공작은 자신의 죄를 고백하고 권좌를 형에게 반환한다. 중요한 변화는 인간들이 아든 숲에서의 경험을 통해서 그들의 내면에서 서서히 일어나는 변화이다. 아든 숲은 "탐색"과 "자아 발견"의 세계이기에 이곳에 모여든 인물들은 자아와 자신의 욕망의 실체를 발견한다.

우리는 신비로운 치유의 힘을 체험하는 아든 숲에서, 갈등, 충돌, 파국을 화해

4) 전원을 예찬하고 전원 속에서의 소박한 삶을 찬양해온 소위 전원문학은 서양문학에서 오랜 전통이 있었고, 르네상스시대에 비극, 희극과 같이 구분되는 하나의 장르로서 취급되기도 했다. 이 극도 전원문학에 속한다고 볼 수 있다. 또한 이 극을 쓸 당시에 셰익스피어가 인물과 구성을 빌려왔던 출처가 되었던 당대 작가 토마스 로지(Thomas Lodge)의 산문 로망스 소설, 『로잘린드, 유퓨아즈를 가장 많이 닮은 인물』(*Rosalynde or Eupheues' Golden Legacy*, 1580)도 또한 이 범주에 속한다. 양자에 등장하는 인물들도 공통된다. 그러나 두 작품은 다르다. 로지는 지리적인 전원 자체에 강조를 두는 반면 셰익스피어는 지리적 측면에는 전혀 관심이 없다. 우리는 극의 끝까지 아든이 어디에 있는지조차 알 수 없다. 셰익스피어는 우리가 아든 숲이 상징하는 의미에 대해서 숙고하기를 요청한다.

와 평화로운 상생과 공존으로 인도하는 '마술사' 로잘린드를 만난다. 이 숲에서 어제의 찬탈자는 스스로 뉘우치며 빼앗은 공작자리를 형에게 고스란히 돌려주고 숲에서 구도자의 길을 가기로 결단한다. 이 아든 숲이 셰익스피어의 낙관주의가 만들어낸 판타지가 아니라면, 인간은 그가 저지르는 수많은 악과 불의와 죄에도 불구하고 절대적으로 유효한 처방을 선사받고 태어난 축복된 존재임을 상기시켜주는, 그리하여 구원의 가능성을 타고난 존재임을 가시적으로 보여주는 상징적인 장소이다.

아든 숲은 또한 빼앗기고 핍박받고 추방된 인간들이 모여드는 곳이다. 탈진하고 허기진 인간을 맞아들이는 전 공작의 동굴에서 이들을 위한 작은 잔치가 베풀어진다. 이들이 음식을 먹는 동안 선물로 제공되는 노래는 천상의 소리와 같은 축복으로 다가오며 이 동굴을 또 하나의 에덴동산으로 만들어간다.

## 진주로 변한 왕의 눈알들: 예술의 정지성

셰익스피어는 그의 마지막 극들(last plays) 중의 마지막 극 『태풍』에서 요정 에어리얼의 노래들을 통해 이 세계를 위한 하나의 가능한 대안으로서 한 창작과정에 대한 은밀한 진술들(White 170)[5]을 제시해준다. 동시에 일찍이 1막에서 다른 노래－Full fathom five－를 통해 완결된 예술의 결정적인 한계를 상기시켜 준다. 예술품이란 아무리 매혹적이고 아름답다하더라도 본질적으로 정지되고 죽은 것이요, 한낱 보석과 같은 물체에 불과하다(171).

아버지는 다섯 길 바다 밑에 눕고, Full fathom five thy father lies;
뼈는 산호로 변하고, Of his bones are coral made;
두 눈은 진주로 변해 있도다. Those are pearls that were his eyes;
썩어야 할 몸뚱이는 죄다 Nothing of him that doth fade,
바닷물에 But doth suffer a sea-change
신기한 보물로 변하고.... Into something rich and strange.
바다의 님프들은 때때로 조종을 울린다. Sea nymphs hourly ring his knell.
딩 동. (후렴의 장단) Ding dong
들어라, 자 저 조종 소리를..... Hark! Now I hear them,
딩 동 벨. Ding dong bell.

5) R. S. White, *Let Wonder seem familiar: Endings in Shakespeare's Romances Vision*. New Jersey: Humanities Press, 1985.

안토니(Antony)도, 클레오파트라(Cleopatra)도, 셰익스피어도 한때는 살아 숨쉬고 있었다. 그러나 그들이 죽은 이제 남는 것은 저들의 감동적 경험들에 대한 하나의 정지된 재현일 뿐이다. 그들은 결코 만져질 수 없는 영역 속에 존재한다. 저 투명성과 정지성은 아무리 눈부시더라도 수장된 왕의 눈알들이 "sea change"를 거친 후 결성된 한낱 진주에 불과한 것이다.

## 벌과 함께 꿀을 빨아 먹는 앵초 꽃송이

마법사 프로스페로에게서 풀려나 대기 속으로 사라져 가는 에어리얼은 자신이 머무를 마지막 자리를 노래한다. 이곳이야말로 마침내 자유를 찾은 해방된 에어리얼이 궁극적으로 살고자 선택하는 그의 아든인 것이다. 그곳은 지상 위 하늘 저편의 천국도, 어느 먼 곳에 자리한 낙원도, 산호와 진주와 보물들이 가득한 먼 바다 다섯 길 아래에 자리한 용궁도 아니었다. 에어리얼은 다만—우리 인간들이 사는 바로 곁에서 피어나는—살아 있는 한 송이 앵초꽃 속에 숨어 들어가서 벌과 함께 꽃의 꿀을 빨아 먹으며 올빼미 소리를 들으면서 즐겁게 여름을 따라가며 살아갈 것이라고 노래한다.

벌과 함께 꽃의 꿀을 빨아 먹는다. Where the bee sucks, there suck I,
종 모양의 앵초 꽃송이 속에 자리 잡고, In a cowslip's bell I lie,
누워서, 올빼미 소리를 듣는다. There I couch when owls do cry.
박쥐 등에 걸터앉아 On a bat's back I do fly
즐겁게 여름을 따라간다..... After summer merrily.
즐겁게, 즐겁게 살아가자꾸나, Merrily, merrily shall I live now
가지에 늘어진 꽃 밑에서. Under the blossom that hangs on the bough.
(*The Tempest* 5.1.88-94)

에어리얼의 이 마지막 노래를 통해 셰익스피어는 이 지상의 모든 영역 중에서

가장 경외를 자아내는 영역을 예찬한다(White 171). 찬양 대상은 한 예술가가 그것을 발견하기도 전에, 어떤 사람의 눈길에 잡히기 이전에 조차도 숨 쉬며 움직이고 있는 물리적인 자연 세계이다. 셰익스피어의 통찰이 궁극적으로 발견해 낸 것은 이 "자연세계" 속에 단순하게 깃들어 있는 경탄할 만한 "가능성"이다. 이 은밀한 숨결은 인간의 세계 이해의 한계들과 인간적인 제한성을 상기시킨다. 인간의 모든 고려와 판단을 상대화시키고 허무화시키는 창조와 보존의 놀라움! 이 놀라움에서 신의 의에 대한 증거를 본다.

오늘날 최첨단의 기술과 문명의 성취를 보여주는 디지털 시대에서 인간은 사물화 되어가고 기능화 되어가면서 인간성을 상실해가고 대지는 부활하는 탄성을 잃고 계절의 질서는 와해되고 있다. 21세기의 임박한 미래에 닥칠 지구의 전면적 위기를 인식하며 묻는다. 에어리얼이 "벌과 함께 꽃의 꿀을 빨아 먹으며" 부르는 노래를 언제까지 계속할 수 있을까? 에어리얼이 즐겁게 깃들일 앵초 꽃송이가 과연 오늘날의 이라크에서도 피어날 수 있을까? 과연 숨 쉬는 세계는 언제까지 존속할 수 있을까? 대지에 생명력과 생식력을 선사하는 디오니소스와 아프로디테를 축출한 채, 성한 개미집 하나도 남겨놓지 않고 있는 오늘의 아프카니스탄. 오랜 전쟁 속에서 병들고 신음해왔던 팔레스타인의 대지...

그럼에도 불구하고, 한낱 죽은 흙덩이를 산 존재로 태어나게 하는 신의 숨결을 고스란히 물려받은 마지막 인간이 존재하는 한,[6] 세계는 숨쉬기를 계속하며 존속할 것이다. 인간이 그렇게 놀랍도록 창조되고 그렇게 놀랍도록 보존되는 존재인 이상 숨 쉬는 세계는 존속할 것이다.

6) 셰익스피어와 그의 시대가 관찰했듯 한 인간이야말로 전 우주가 깃들어 있는 진정한 소우주이기도 하다.

## 연주자 프로필

**기획 · 예술감독 | 이규성**

서울대학교 음악대학 성악과 졸업
이탈리아 페스카라 국립음악원 수석 졸업
이탈리아 페스카라 아카데미 수석 졸업
그리스 아테네 그랑프리 마리아 칼라스 국제콩쿨 1위 입상
이탈리아 밀라노 락키아벨리 시립음악원 교수 역임
이탈리아 아스티 줄라에타 시모나토 국제콩쿨 심사위원 역임
밀라노 Opera Studio 단장
서경대학교 예술대학 대우교수 역임
현재, 한국성악예술인협동조합 대표, 동국대학교 음악원 출강

**음악감독 · 테너 | 박승희**

서울대학교 성악과 졸업
독일 칼스루에 국립음대 전문/최고연주자과정 졸업
독일 트로싱엔 국립음대 고음악과 전문연주자과정 졸업
독일 라이프치히 바흐국제콩쿠르 등 다수 국제콩쿠르 입상
국립합창단, 서울모테트합창단, 전국 유수의 시립합창단과 협연
KBS클래식FM, 극동방송FM 음악코너 진행
현재, 한국예술종합학교, 장신대, 연세대학교 고음악과정 출강
종로고음악제 예술감독, 바흐솔리스텐서울 음악감독

**솔로 소프라노 | 조혜진**

서울대학교 음악대학 성악과 졸업
베를린 우데카 국립 음대 졸업
프란츠 리스트 바이마르 음악대학에서 최고 연주자 과정에 수석 입학
쾰른 음악대학에서 최종 학위 수여
독일 바이마르 국립극장 객원 솔리스트로 독일 오페라 극장 무대 데뷔
오펀스튜디오 솔리스트 정단원으로 활동
독일 여러 도시의 주요 극장에서 다수의 오페라 출연
한국에서 ≪사랑의 묘약≫으로 데뷔 한 후 여러 차례의 독창회와 콘서트 그리고 다수의 오페라에 주역으로 활약
현재, 서울대학교 출강

**솔로 바리톤 | 노선호**

서라벌고등학교 졸업
서울음대 성악과 졸업
이태리 파르마 아리고 보이토 국립음악원 졸업
가천대학교 성악과 강사, 명지대학교 방목대 강사 역임
서울여자대학교 채플성가대 지휘자 역임
아리수합창단 지휘자
서울여자대학교 평생교육원강사, 덕성여자대학교 평생교육원 강사
한국성악예술인협동조합 이사
사단법인 솔크 대표

**챔발로 | 김현애**

독일 하이델베르크 교회음악대 오르간 전문연주자과정 졸업
독일 칼스루에 국립음대 쳄발로 전문연주자과정 졸업
독일 라이프치히 바흐페스티발, 춘천고음악제 등 초청연주
수원시향, 카메라타안티콰서울, 알테무지크서울, 바흐솔리스텐서울 외 서울시립합창단 등 전국 유수 시립합창단과 협연
현재, 전문연주자, 서울모테트쳄버오케스트라 단원

**리코더 | 이효원**

한국예술종합학교 음악원 예비학교 수료
한국예술종합학교 음악원 예술사 졸업
독일 프랑크푸르트 국립음대 Diplom 졸업
독일 프랑크푸르트 국립음대 Konzertexamen 졸업
2010 금호아트홀 영 아티스트 선정
2014 아시아 리코더 페스티벌 한국 대표 솔리스트 선정
2015 독일 비아지오 마리니 고음악 앙상블 콩쿠르 3위
2017 춘천 국제 고음악제 라이징 스타 선정
2011–16 독일 Frankfurt, Kronberg, Darmstadt, Weilburg 고음악 페스티벌 참가
현재, 한국예술종합학교 음악원 출강, 리코더 솔리스트 및 앙상블 연주자로 활동

**중창** Friends 3명
**가사 번역** 김재남, 김해룡, 이영주, 김한
**가사 낭송배우** 이상희, 김영건
**음원녹음 · 음원믹싱** 이건희

3부

# 귀로 듣는 셰익스피어 이야기

엘리자베스 시대 일반 대중들을 대상으로 공공장소에서 열렸던 공연과 발표회

3부는 "On Teaching Shakespeare: Openings and Endings." *Shakespeare Review* 52.3 (2016): 491-523 중에서 발췌, 수정·보완한 내용을 포함하고 있음을 밝힌다(한국셰익스피어학회 주최, 2016년 10월 29일 아주대에서 열린 〈셰익스피어 서거 400주년 기념 국제학술대회〉에서 동일 제목으로 발표한 필자의 특별강연 수록).

1장

# 셰익스피어, 그는 누구인가

## 1. 오늘날 왜 셰익스피어를 배우는가

오늘날 우리는 왜 셰익스피어(William Shakespeare 1564-1616)에게 다가가는가? 그가 이룩한 것은 무엇인가? 우리는 그를 왜 배우고 그에게서 무엇을 배우는가? 영국 르네상스 시대가 배출한 셰익스피어는 세계 연극사에서 희랍극을 제외한 가장 빼어난 극작품을 남긴 작가로 평가된다. 오늘도 그의 극이 오르는 극장에는 긴 줄이 이어진다. 왜일까?

2021년인 오늘도 여전히 우리는 400여 년 전에 쓰인 그의 극 세계 속에서 우리가 사는 세계를, 등장인물들 속에서 우리 자신의 얼굴을 발견한다. 그는 오늘의 세대와 관객들에게 단지 영국 16세기 작가만이 아닌 우리의 동시대인으로 다가오고 있다. 그래서 우리는 그의 극들을 읽고 그로부터 배운다. "한 시대가 아닌 모든 시대에 속한 작가"임을 입증하는 작가로서 그의 영향력이 살아 있는 한 인간들은 지금으로부터 400년 후에도 셰익스피어의 극을 사랑하고 즐기며 그를 통해 배우고자 할 것이다.

오늘날 인간들이 그를 통해 실제로 얻는 것은 무엇인가? 첫째로 얻는 것은 즐거움이고, 경험이 풍요로워지고, 사회가 어떤 것인지를 배우게 되고, 인간들이 행위하는 방식들과 언어를 배우게 되며, 나아가 비판적 분석 능력과 표현 기술들을 발전시키게 된다.[1)]

오늘날 셰익스피어를 배우는 것은 실제로 어떤 유익이 있는가?[2)] 그 대답은 바로 이것이다! "이 세계에 대하여, 화답할 수 있도록 조율되고, 깨어 있고, 공감할 수 있는 자신 세우기"이다!(. . . empathy and awareness: an attuned, alert, and compassionate self-positioning in the world) 그리고 셰익스피어의 마인드야말로 바로 그러한 자각의 모델이다.[3)] 이러한 셰익스피어의 마인드와 셰익스피어 클라스에 모인 우리들의 마인드를 맺어주는 통로로 기능함으로써 우리가 있는 그대로의 세계를 만날 준비가 조금 더 되어 밖으로 나아갈 수 있게 된다면 더 이상 바랄 것이 없을 것이다. 햄릿이 발견했듯이, 인간이 할 수 있는 것은 우리가 선 세계에서 우리에게 닥쳐오는 모든 것을 받아들일 준비가 전부이므로: "The readiness is all." (*Hamlet* 5.2.195)

먼저 그의 극이 태생한 자리에 대한 이해를 위한 기본 지식을 갖추도록 한다. 이는 셰익스피어 극 세계라는 "마술 산"의 본격적 탐색에 필요한 장비가 되어 줄 것이다.

---

1) Katherine Armstrong & Graham Atkin. *Studying Shakespeare: A Practical Guide.* Hertfordshire: Prentice Hall, 1998. 3.

2) 이 질문은 실용적인 마인드의 소유자들이 오늘날 인문학을 가르치는 자들을 향해 어떤 유용성이 있는지 자주 묻는 보편적인 질문이기도 하다.

3) Virginia Woolf. *A Room of One's Own.* Harmondsworth: Penguin, 1972. 58.

## 2. 극작 목표

셰익스피어는 그의 극들을 통하여 무엇을 말하려고 하는 것일까? 셰익스피어의 극작 목표가 있다면 그것은 무엇일까?

극 읽기와 공연의 체험은 다음의 사실을 발견하도록 인도해준다. 셰익스피어가 그의 극을 통해 하는 일은 인간이 행위하는 방식대로의, 인간 경험의 현실에 대한 탐색이다. 그는 이 탐색을 통해서 우리로 하여금 인간이 복잡한 존재인 고로 그 인간들로 구성된 사회가 얼마나 복잡한가에 대하여 깨닫게 해주고 개인적인 본능과 열정이 하나의 조화로운 사회를 어떻게 교란시키는지에 대해서 인식시켜주고 있다. 그는 인간 속에 내재한 무절제하며 거친 본능을 정죄하기 위해서가 아니라, 오히려 인간 본성에 내재한 선하고 나쁜 자질들을 있는 그대로 탐색하기 위해서 쓴다. 셰익스피어가 관심을 가지는 것은 우리에게 어떤 해답들을 제공하기 보다는 우리가 이렇게 복잡한 세계 속에서 어떻게 행위할 수 있으며, 어떻게 행위할 수밖에 없는가에 대해 의문들을 던지는 일이다. 한 편의 극이 끝날 때 우리는 하나의 메시지를 가지고 나오기보다는 인간이 직면해야만 하는 문제들과 선택들과 어려움들에 대한 증대된 인식에 이르게 된다.

## 3. 셰익스피어 시대, 초기 현대

이 시기는 중세세계가 현대세계로 자리를 물려주는 커다란 문화적인 전이를 맞고 있다. 경제적으로는 토지에 토대를 둔 봉건적인 경제체제가 쇠락하는 동시에 화폐경제체제가 부상하면서 교역과 상업에 토대를 둔 새로운 종류의 역동적인 사회가 등장하게 된다.

1588년 해상의 왕 스페인의 자랑 무적함대 아르마다(Armada)를 격파한 승리 기념 아르마다 초상화: 지구 전체가 여왕의 손아래 놓여 있다.

동인도회사와의 교역: 봉건경제체제에서 화폐경제체제로

이제 본질적으로 종교적인 세계관은 세속적인 세계관으로 자리를 옮겨가고 있다. 사람들은 그들이 이전보다 덜 친숙하고 어느 정도 더 혼란스러운 세계 속에 살고 있다고 느끼게 된다. 이것은 이 시대에 경험하게 된 변화의 핵심적 양상이라고 볼 수 있다. 중세시대는 사람들에게 우주 속에 존재하는 신적인 질서에 대한 안정된 심상(image)을 제공했다. 물론 여러 가지 문제가 존재했지만, 세계는 질서가 잡혀 있었고 파악할 만한 것으로 여겨졌다. 이러한 관점은 아주 서서히 보다 덜 안정되고 덜 확실한 세계관에 자리를 내어주게 된다.

당대 시민들의 왕래가 빈번했던 런던브리지 근처에 자리한 글로브극장

각주 4) 참조

셰익스피어는 그의 시대에서 일어나고 있는 무질서한 경험의 본질에 대한 예리한 지각을 제시해주고 있다. 셰익스피어의 극들 전반에는 어떤 전통적인 질서가 찢겨져 나가고 있음에 대한 의식이 깔려 있다. 사물들을 뒤집어엎는 인간들은 자기중심적이고 야심에 차 있다.

셰익스피어의 극들은 이렇게 전통적인 종교적 질서와 상충하는 개인주의(individualism)라는 새로운 정신에 대한 지각을 드러내 주고 있다. 인간 모두가 하나님(God)을 믿으며, 하나님이 할당해준 세계 속의 그들의 위치를 그대로 받아들이며 살아오다가, 이제는 인간 스스로가 주도권(initiative)을 쥐고 있다는 인상이 갈수록 증대된다.

이러한 셰익스피어의 시대는 르네상스 시대로 분류되는 동시에 초기 현대(Early Modern)로도 분류될 수 있다. 중세로부터 줄기차게 변하지 않고 전수되어 온 '엘리자베스시대 세계 구도'[4](Elizabethan World Picture)가 가지는 영향력에도 불구하고, 셰익스피어 시대의 특기할 만한 특징들은 복합성(complexity), 다양성(variety), 비일관성(inconsistency), 유동성(fluidity)으로 요약될 수 있다.[5]

4) 세계 속의 삼라만상은 신을 정점으로 최고 천사, 천사, 인간, 동물, 식물, 광물의 순서로 존재의 계급질서를 정련하게 이루고 있다고 보았던 당대의 우주관을 반영하는 그림이다. 르네상스시대에 이르러 이제는 인간 스스로가 주도권을 쥐고 있다는 인상이 갈수록 증대됨에 따라 여느 왕보다 성공적인 정치와 함께 국력의 신장을 가져왔던 엘리자베스 여왕은 이제 존재의 연쇄 자리의 정점을 차지해왔던 신의 자리를 대치하는 듯 했다. 여왕의 행차 때마다 수행원들은 자신의 신분에 어울리는 의상으로 격식을 갖추어 차려 입고 여왕을 정점으로 하는 계급질서대로 질서정연하게 행진했다. 신의 행차를 방불케 하는 이러한 여왕의 행차는 대단한 볼거리를 제공했던 한편의 웅장한 연극이며 공연(performance)이었다.

5) W. R. Elton. "Shakespeare and the thought of his age." *The Cambridge Companion to Shakespeare Studies.*

여러 시대를 넘어서서 전이적인 성격을 띤 채 분기되고 구별되는 세계를 혼합하고 있는 셰익스피어 시대는 무수한 재평가와 전복을 목격했다. 이 시대에 가장 애호되는 은유는 '거꾸로 뒤집혀진 세상'(the world upside down)이었고, 『햄릿』과 같은 핵심적인 르네상스 작품에서 반복되고 있는 어법은 '의문형'이 되고 있다.

엘리자베스 시대의 영국인의 삶

왼쪽 여왕 뒤로는 교역의 시대를 상징하는 동인도회사, 오른쪽 셰익스피어 뒤로 그의 외가, 전면에는 글로브 극장. 중앙의 배 그림은 베니스의 상인 안토니오가 전 재산을 배에 투자했던 이야기를 상기시킨다. 베니스는 영국이라는 섬나라에 비유될 수 있다. 베니스의 부의 토대는 안정적인 토지가 아니라 좌초와 풍랑의 조난의 위험이 도사리고 있는 바다이다. 이 시대의 거액의 투자가 중 하나인 여왕은 그녀가 기용한 해적왕 프란시스 드레이크(Francis Drakes)의 성공적 임무(아프리카에서 금, 금강석 등을 채굴해 나오는 여러 나라의 배를 터는 대대적 해적질) 완수를 기리며 그가 탄 배가 정박하자 갑판에서 "Sir" 작위를 수여한다.

## 4. 당대 우주관의 이해를 위해 기억해둘 만한 세 가지 개념

### 첫째. 존재의 대연쇄(Great Chain of Beings)

우주의 모든 존재는 신이 부과해 준 고유의 자리를 지니며, 이 자리는 존재의 계급 체계를 이루는 '질서 틀' 속에 놓이고 있다. 우주의 삼라만상은 하느님을 정점

---

Ed. Stanley Wells. Cambridge UP, 1986. 17-34.

으로 천사, 인간, 동물, 식물 등, 존재의 대 연쇄를 이루는 '존재의 계급질서'를 이루고 있다고 보았다.

이러한 세계관은 '엘리자베스 시대 세계 구도'의 내용이기도 하다. 엘리자베스 시대의 일반적 통념들의 한 배경을 이루고 있는 이 질서의 틀로부터 셰익스피어는 복잡하고 아이러니컬한 변형물들을 야기시킨다.

**둘째. 유추(Analogy)**

창세기는 인간이 신의 형상을 본 따서 지어졌다고 전한다. 신과 인간을 연관시키는 유추적인 세계관은 중세로부터 내려왔던 관습적인 세계 이해의 방식이었다. 이러한 유추적인 사고의 관습이, 대응, 계급체계, '소우주 - 대우주'의 관계성 등과 더불어 잔존하고 있었다. 인간은 소우주적 모델로서, 소우주 - 대우주 유추체계 안에서 한 요소에 대한 지식은 다른 요소에 대한 지식을 뜻했다.

종교개혁과 르네상스의 조류들은 이것을 변형하고자 하는 경향이 있었다. 종교 개혁가들은 인간의 타락한 본성과 어두워진 이성에 대해 다시 강조하면서 신과의 유사성을 상실한 이제, 신에게서 인간의 모습을, 인간에게서 신의 모습을 볼 수 있는 신과 인간의 유추관계는 깨졌다고 본다.

### 셋째. 4원소와 4유머(four elements & four humors)

셰익스피어의 동시대인들은 일반적으로 공기, 물, 불, 흙을 우주(대우주) 안의 모든 것을 구성하는 기본 원소로 보았다. 또한 피, 가래, 황담즙, 흑담즙은 인간(소우주)의 몸을 구성하는 네 가지 기본 체액으로 보았고 이것들을 4유머로 불렀다.

또한 인간의 몸은 이 4유머들의 형태로 4원소 모두를 포함하고 있다고 믿었는데, 대우주의 네 기본 원소인 공기, 물, 불, 흙은 소우주인 인간의 네 기본 체액인 4유머, 피, 가래, 황담즙, 흑담즙과 서로 상응한다(corresponding)고 보았다. 즉 피는 공기(뜨겁고 축축한)와 상응하고 가래는 물(차고 축축한)과 상응하며 황담즙은 불(뜨겁고 건조한)과 상응하며 흑담즙은 흙(차고 건조한)과 상응한다고 여겼다. 이 개념은 "대우주-소우주"(Macrocosm-microcosm)로 요약된다.

4유머는 중세의학(Medieval Medicine)의 기초를 이루는 개념으로서 인체 내의 네 가지 유머의 균형과 조화에 따라 인간의 건강 상태가 좌우된다고 여겨졌다. 즉 일반적으로 의사들은 이 4유머가 적절한 균형을 이루고 있을 때 사람의 몸이 건강하다고 보았고 사람의 몸이 아플 때는 환자의 유머들이 적절한 균형 상태에 놓여 있지 않다고 믿었다.[6)]

6) 가령 피가 과다하다고 진단이 내리면, 의사는 균형을 회복시켜주기 위해서 환자의 피부를 찢거나 찔러서 피를 빼주는 시술을 했다. 이것은 우리나라에서 오랫동안 통용되어온 민간요법과도 공통된다.

또한 4유머의 균형에 따라 인간의 신체적인 건강뿐 아니라 기질(disposition)과 개성(personality)도 결정된다고 보았다.[7][8] 이렇게 초기 현대 영국 사람들은 인간의 행위와 감정적인 표출들을 설명하기 위한 도구로서 흔히 유머를 사용했다.[9][10]

## 5. 그는 어떤 인간인가, 'Gentle Shakespeare'

16세기의 영국은 물론 세계연극사의 거장 셰익스피어의 위대성을 뒷받침해줄 만한 요소들을 그의 생애나 전기는 제시해주지 않고 있다. 그의 전기는 다음의 몇 행으로 요약된다. 1564년 영국 스트렛포드 어판 에이븐(Stratford-upon-Avon)이라는 조그만 읍내에서 평민 출신 아버지의 8남매의 셋째 아들로 출생하다. 15세 무렵에 고향 중등학교를(grammar school) 중퇴하다. 18세에 6살 연상의 여인과 결혼 후 딸의 출생 이후, 딸 아들 쌍둥이가 태어나다.

---

7) 벤 존슨은 4유머의 불균형이나 특정한 요소의 과다에 따라서 초래되는 기이한 성격이나 기질의 인간을 집중적으로 다루며 극화 해주는 희극 장르를 개시하여 '유머의 희극'(comedy of humours)의 시조가 되었다.

8) 몸에 피(blood)가 많으면 대체로 마음이 가볍고 "나이팅게일처럼 밤새도록 자지 않고 연애하는" 켄터베리 이야기에 등장하는 향사(squire)같은 다분히 애욕적인(amorous) 성향을 보여준다고 보았다. 또한 몸에 가래(phlegm)가 많은 체질은 무딘(dull) 동시에 친절한 성향을 보여준다고 보았다. 황담즙(yellow bile 혹은 choler)이 과다하면 걸핏하면 화를 잘 내고(irritable), 흑담즙(black bile)이 과다하면 다분히 우울하거나(mellancholy) 슬픈 성향을 보여준다고 여겨졌다.

9) 가령 『줄리어스 시저』(*Julius Caesar*)의 4막 3장의 유명한 "싸움 장면"에서 브루터스(Brutus)는 캐시어스(Cassius)를 "성급한 고약한 기질"(rash choler)을 가진 위인이라고 기소하고 있다.

10) 기본 원소들의 균형을 복합적으로 반영하는 예는 『태풍』(*The Tempest*)에서 프로스페로(Prospero)의 두 하인들인 에어리얼(Ariel)과 캘리반(Caliban)에게서 보여질 수 있다. 에어리얼은 모습을 자유자재로 바꿀 수 있는 공기의 정령이다. 때때로 에어리얼은 불의 형태를 취하고 다른 때에는 물이나 물의 정령(바다의 님프)의 형태를 취하기도 한다. 공기, "air"는 그의 "Airel"라는 이름처럼 에어리얼의 핵심적인 부분을 이룬다. 에어리얼은 캘리반과 균형 지워지고 있는데 캘리반은 땅에 속하는(earthy) 존재로서 흙과 같은 성격을 띤다.

1585년 홀로 런던으로 무작정 상경한다. 8년 후인 1592년에는 극장가에 이미 이름이 알려진 배우와 극작가로서 그의 모습을 드러내다. 특히 주요한 이 8년간은 그의 전기에 대한 기록이 없어 lost years라고 불린다. 1585-1592년의 이 8년의 공백기에 대한 이규성 교수[11]의 설명은 주목할 만하다.

> 이탈리아 시칠리아 사람들은 여러 근거들을 토대로 셰익스피어는 시칠리아 태생으로서 나중에 영국으로 이민 갔다고 주장한다. . . . 실제로 셰익스피어의 극 38편중 1/3 이상의 극의 배경이 이탈리아가 되고 있고, 음악을 위시하여 많은 이탈리아 문화적인 요소들, 이름, 지명, 속담, 용어들이 등장한다. . . . 그러나 셰익스피어는 '영국으로 이민 간 이탈리아인'이라기보다는 영국에서의 그의 삶에 대한 기록이 전혀 남아있지 않은 저 8년간 이탈리아에 살았던 영국 사람으로 보는 것이 가장 유력한 설일 것이다.[12]

대중의 흥미를 사로잡던 셰익스피어의 극들이 당대의 대표적인 극작가이면서 양대 명문대학교 출신 "대학 재사들"(University Wits)인 말로우(Christopher Marlowe), 그린(Robert Greene) 등의 극들보다 훨씬 이상의 것을 성취하며 대중적 인기를 몰아가자, 중등학교 중퇴의 무지하게 "가방끈 짧은" 시골 출신 촌놈으로서 지독한 질시와 혹독한 논평들을 무수하게 견디어내야 했다. 그럼에도 "잘난" 그들과 달리, 오직 셰익스피어만이 유일하게 "모든 시대에 속한 작가"로서 "영원한 우리의 동시대인"으로서 기억되고 있다.

---

11) Maria Callas 국제 콩쿠르에서 한국인 최초로 우승한 성악가(바리톤), 오페라 연출가로서 이탈리아, 미국, 프랑스, 한국 등 세계적인 주요극장에서 150여회에 걸쳐 주요 작품을 연출하고 연주. 15년간 이탈리아에 거주하며 다년간 밀라노 라끼아렐라 시립음악원교수로서 재직했던 이탈리아 전문가. EBS 세계테마기행 "이탈리아의 유산" 출연 및 내레이션.

12) 2015. 4. 15. 성신여대에서 열렸던 고전 르네상스 영문학회 봄 정기 학술대회 프로시딩집에 수록된 "3부 초청강연: 이규성 교수의 <음악을 통해 떠나는 이탈리아기행>" 강연 내용 중에서 발췌.

기록을 종합해보면 아주 온화한 사람이었고, 사랑과 가족들의 유대를 높이 평가하고 언제나 유쾌하고 재치를 보여주는 "따스한 사람"[13]이었다. 질병과 죽음이 난무하던 세상[14]에서 태어나, 기존의 가치들이 뒤집어지는 불안정한 시대를 살며, 질병 외에도 죽음으로 이끄는 격렬한 싸움이 끊이지 않았던 "위험천만한 16세기의 런던"이 활동무대였다.

셰익스피어가 도착한 런던: 역병들의 강타로 평균 수명 30세의 위험천만한 도시

친한 동료 존 헤밍
(혹은 헨리 콘델)

그는 그럼에도 불구하고 "드물게 적이 없었던 사람"으로 전해진다. 동료배우들인 존 헤밍(John Heminge)과 헨리 콘델(Henry Condell)과의 우정은 특기할 만하다. 이들은 죽은 친구 셰익스피어를 위해 그의 작품을 모아 친구가 죽은 지 7년 만인 1623년 방대한 한 권의 책 "제 일 이절판 전집"(First Folio)으로

---

13) 그간의 셰익스피어 전기들은 다분히 빈약한 사실들을 토대로 구구한 억측들을 쏟아내어 온 것이 사실이다. 그간의 혼돈을 진지하게 정리해주면서 빌 브라이슨(Bill Bryson)은 객관적이고 균형 잡힌 시각을 보여주고 있다. 인간과 작가로서의 셰익스피어에 대한 면모는 그의 *Shakespeare: The World as Stage* (Harper Perrennial, 2008) 2장을 참조하고 있음을 밝힌다.

14) 폭풍처럼 강타하던 역병으로 수 년 동안 전 인구의 1/6이 감소했던 당시 셰익스피어가 도착하여 활동하던 런던의 평균수명은 30세였고, 새벽이면 집집마다 노크를 하며 간밤에 생긴 시체를 수레에 수거해 가는 일이 환경미화원의 주된 임무였다.

펴내주었다.15) 인간과 세상에 대한 통찰력과 그의 온화한 성품은 셰익스피어를 성공적인 경영인으로 만들기도 했다. 런던 극장 중—셰익스피어의 전용극장인—글로브(Globe) 극장만은, 다른 극장들처럼 재정난으로 인해 부득이 베어 가든(Bear Garden)으로 전환하기 위해 무대 복판에 말뚝 박는 일이 한 번도 없이 오로지 공연만을 위한 유일한 극장이었음은 특기할만하다.

## 6. 그는 어떤 작가인가, 르네상스 대중극장의 '자유분방한 작가'16)

셰익스피어는 16세기 영국의 대중극장을 위해 극을 썼던 대중작가였다. 그는 결코 독창적인 작가가 아니었고, 관객이 즐길 수 있는 소재라면 어디에서든 가져다 원용하기를 서슴지 않았던 작가였다. 그런데 그는 소재를 빌려온 원작을 쓴 작가보다도 더 뛰어난 재주를 보여주며 자신이 원용한 평범한 원작들을 월등 훌륭하고 위대한 작품으로 바꿔놓는 작가였다.17)

르네상스 대중극장을 위해서 극을 쓰며 많은 사람들을 즐겁게 만들기 위해 당대에 요구되던 공연의 규칙에 대해 다분히 탄력적이었던 작가였다. 특히 희극과 비극의 구분이 엄격했던 고전극의 규칙에 얽매이길 거부했던 그는 가장 암울한 비

---

15) 극의 저작권이 극작가가 아닌 극단의 소유였던 당대에서 7년에 걸친 이 수집과 작업이 얼마나 어렵고 인내를 요하는 일이었을지는 짐작할 수 있다.

16) 셰익스피어는 런던에서 살았던 20년 동안 37편의 극들을 썼고, 150편이 넘는 소네트들과, 두 편의 서술적인 장시들—3,000행 이상으로 구성되는—을 썼다. 1623년에는 그의 사후 7년 만에 죽은 친구 셰익스피어를 위해 두 동료 배우들이 그의 작품을 모아 방대한 한 권의 책으로 펴낸, 유명한 최초의 셰익스피어전집인 "제 일 이절판 전집"이 나왔다.

17) 셰익스피어가 다시 쓰기 전의 『오셀로』(*Othello*)는 무미건조한 멜로 드라마였다. 『리어왕』(*King Lear*)의 원작에서는 왕은 미치지도 않고 이야기는 해피엔딩으로 끝난다. 『십이야』(*Twelfth Night*)와 『헛소동』(*Much Ado about Nothing*)은 이탈리아의 통속 소설집에 수록된 평범한 이야기였다. 셰익스피어의 천재성은 사람들의 주의를 끄는 개념을 채택해서 그것을 한층 더 빛나는 것으로 만드는 것에 있었다.

극의 가장 어두운 장면 한중간에서도 희극적인 장면을 집어넣곤 했다.[18] 고전극에서는 한 장면에서 세 명의 연기자들만이 말을 할 수 있었고 등장인물 중 누구도 자기 자신이나 관객에게 말하는 것이 허용되지 않았던 규칙 때문에 독백(soliloquy)이나 방백(aside)이 없었던 반면, 독백이나 방백이야말로 셰익스피어가 즐겨 구사했던 단골 기법이었다. 셰익스피어 극의 정수를 실어주고 있는 독백과 방백이 없었다면 셰익스피어는 셰익스피어가 될 수 없었으리라.

작가로서의 셰익스피어의 자유분방함은 주목할 만하다. 『줄리어스 시저』(*Julius Caesar*)에서 제목이기도 한 주인공을 연극이 채 반도 진행되기 전에 죽이기도 한다. 『햄릿』에서도 햄릿(Hamlet)은 무려 1,495행의 대사(『실수연발』(*Comedy of Errors*)에 등장하는 모든 인물들이 하는 대사와 맞먹는)를 말하는 가하면, 거슬릴 정도로 오랫동안－ 한번은 거의 30분 동안－ 침묵하다가 사라지기도 한다. 그는 또한 관객들에게 그들이 실제 세계가 아니라 극장 안에 있음을 노골적으로 상기시키는 대사를 자주 집어넣곤 하는 자유로움을 보여준다.[19]

그의 희곡은 놀라울 정도로 다양한데, 장의 수만 해도 7장에서 47장에 이르고, 대사를 하는 배역의 수도 14명에서 50명까지 이르고 연극 길이도 다양하다.[20] 평균적으로 그의 희곡은 약 70%의 무운시(blank verse), 5%의 운(韻)이 있는 시,

---

18) 대표적인 예를 들면 악에 대한 가장 철저한 탐색을 보여주는 가장 어두운 비극이라 할 수 있는 『맥베스』(*Macbeth*)에서 왕의 시해 직후, 야심한 시간에 문을 두드리는 소리에 문지기가 노골적인 외설을 섞은 익살스런 너스레로 응수하는 장면을 들 수 있다.

19) 이 점은 자유로운 극작가로서 그가 보여주는 특징적인 것이기도 하다. 『헨리 5세』(*The Life of Henry V*)에서 그는 "이 무대가 과연 프랑스의 광대한 전쟁터를 담을 수 있을까?"하고 묻고 있다. 『헨리 6세』(*King Henry VI, Part 3*)에서는 관객들에게 "우리 연기를 여러분들의 상상력으로 보충해 달라"고 노골적으로 간청하기도 한다.

20) 당시 연극의 평균 길이는 대략 2,700행이었고, 공연 시간은 2시간 반이었으나 셰익스피어의 희곡은 『실수 연발』의 경우 짧은 것은 1,800행이 되지 않았고, 긴 것은 『햄릿』의 경우 4,000행 이상으로서 공연하자면 5시간이 걸렸다.

25%의 산문으로 이루어져있지만, 그는 자신의 목적에 맞게 수시로 이 비율을 바꿨다. 극이 놓이는 시간과 장소의 선택에서도 자유로웠다.[21]

셰익스피어의 작품 여기저기에 자유분방하게 급히 써내려간 흔적이 많이 발견된다. 가령 햄릿은 - 줄거리를 보면 그렇게 오랜 시간이 흐른 것 같지 않은데 - 연극이 시작될 무렵에는 대학생이었던 햄릿이 연극이 끝날 무렵에는 나이가 서른이다. 『베로나의 두 신사』(*Two Gentlemen of Verona*)에 나오는 공작은 베로나에 있으면서도 자신은 밀라노에 있다고 말한다. 『자에는 자로』(*Measure for Measure*)의 무대는 오스트리아의 빈인데 등장인물들은 거의 다 이탈리아 이름을 가지고 있다. 비록 셰익스피어가 영문학사에서 가장 위대한 천재인 것은 사실이겠으나 이 자유분방한 작가의 작품 도처에서 이러한 결점은 쉽게 발견된다.[22]

한편 셰익스피어는 재능의 덩어리라고도 불리며 그는 법률가, 의사, 정치가, 천문학자, 또는 그 밖의 다른 전문가들에게도 뒤지지 않는 지식을 가지고 있었다는 주장도 많다. 그러나 그는 지리에 관한 실수를 자주 범했는데, 그의 여러 희곡들의 무대가 되고 있는 이탈리아에 관한 실수가 특히 많았다. 시대와 그 시대에 걸맞은 풍물을 제대로 맞추지 못한 실수도 그의 희곡에서 많이 발견된다.[23] 이러한 실수들은 셰익스피어가 무식해서 그러기도 했겠으나 일부러 저지르기도 했는데, 주로 자신의 목적에만 맞으면 사실을 무시하거나 왜곡하는 것을 서슴지 않는 자유분방함에서 기인하고 있다.[24]

---

21) 역사극을 제외한다면 영국을 주 무대로 삼은 희곡은 『윈저의 즐거운 아낙들』(*The Merry Wives of Windsor*)과 『리어왕』 2편뿐이고 런던을 무대로 삼은 희곡은 한 편도 없으며, 자기 시대의 줄거리는 전혀 사용하지 않았다. 『리어왕』 이야기의 배경은 셰익스피어의 시대보다 2000년 전으로 거슬러 올라간다.

22) 자신도 뜻하는 바가 무엇인지 도무지 모호한 표현이 종종 나오는가 하면, 거의 모든 희곡에 적어도 한두 군데 해석이 불가능한 구절이 반드시 나온다.

23) 『안토니와 클레오파트라』(*Antony and Cleopatra*)에서 고대 이집트인들이 당구를 치는가 하는가 하면, 최초의 기계적 장치를 갖춘 시계가 그곳에 알려지기 1,400년 전인 카이사르 시대의 로마에 시계를 가져다 놓기도 한다.

자신의 극작 목적을 위해서 자유롭게 썼던 셰익스피어가 당대의 극작 원칙을 어기고 보여준 결과 중 특기할 만한 것 중의 하나는 장르의 혼합이라 하겠다. 덕분에 우리는 셰익스피어의 매력적인 반칙의 결과물을 즐기게 된다. 이 혼합은 한편의 희비극으로서의 인생에 대한 셰익스피어의 핵심적인 비전에 다가가게 한다.

## 7. 셰익스피어의 성취에 대한 평가

첫째, 셰익스피어는 "모든 시대에 유효한 동시대인"이다.

둘째, 셰익스피어의 극들은 "우리 자신을 비추는 거울"로서 기능한다.

셋째, 셰익스피어의 극들은 "마술산": 결국 진리는 말이고, 그의 극 세계는 캐도 캐도 다함이 없는 무한히 풍요로운 노다지의 세계로서, 이 세계는 그 속에 들어간 어느 두 채광자가 캐어 나오는 두 보석도 같지 않은 마술산에 비유된다.

넷째, 인간과 세상에 대한 심원한 통찰력, 인간 상상력의 전 폭과 깊이의 끝을 보여준 작가.[25)]

다섯째, 언어(영어)의 가능성을 극대화해준 위대한 말의 천재이다.

여섯째, 다양한 인물들의 창조자: 보편성을 가진 인간 유형(type)인 동시에 개성을 가진 개인(individual)인 인물들을 900명 창조해냈다.

---

24) 예를 들면 『헨리 6세』 제 1부에서 그는 자신의 편의에 따라 탤벗 경을 잔다르크보다 먼저 죽도록 한다.

25) 실로 그의 작품세계가 망라하는 폭은 놀라울 정도로 방대하다. 시대 배경은 신화의 시대, 고대, 중세, 르네상스 시대를 아우르는 수천 년의 폭을 보여주며, * 무대 배경은 잉글랜드, 웨일즈, 스코틀랜드 등 브리튼 섬 전체, 동, 서, 남, 북 유럽, 소아시아(아나톨리아), 북아프리카에 이르는 광대한 지역을 포괄하고, * 등장인물은 노예와 창녀와 광대로부터 장군과 귀족과 왕, 유령과 마녀와 신(神)에 이르기까지 총 1,221명에 달한다.

## 8. 셰익스피어의 무대와 극장

영국 르네상스 초기에는 3층짜리 여인숙 뜰을 사용했다. 대개 말발굽형 ㄷ자형의 여인숙 건물 뜰의 열려진 부분으로 관객이 입장했고, 그 정면 3층 건물 앞에 가설무대가 세워졌다. 플랫폼 무대로 불리는 널빤지로 된 주요 행동무대가 객석 한복판으로 돌출해 나와 3면이 입석관객들에 의해 둘러싸이고 있다. 이러한 구조적인 특징에서 기인하는 관객과의 밀접성은 세계 연극사에서 엘리자베스 시대극장을 특징짓는 주요한 요소가 되고 있다.

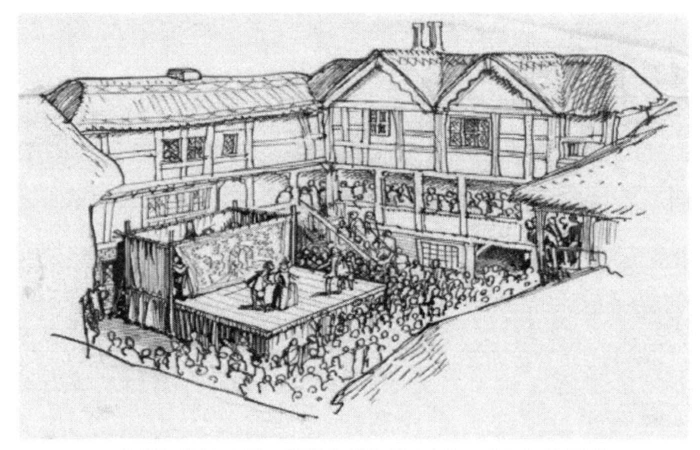

3층짜리 여인숙 뜰을 사용했던 영국 엘리자베스 시대의 가설무대

전형적인 엘리자베스 시대 극장의 기본 구조는 초기로부터 나중에 이르기까지 어느 극장에서나 공통되고 있다.

기본 요소들을 요약해보면 다음과 같다.

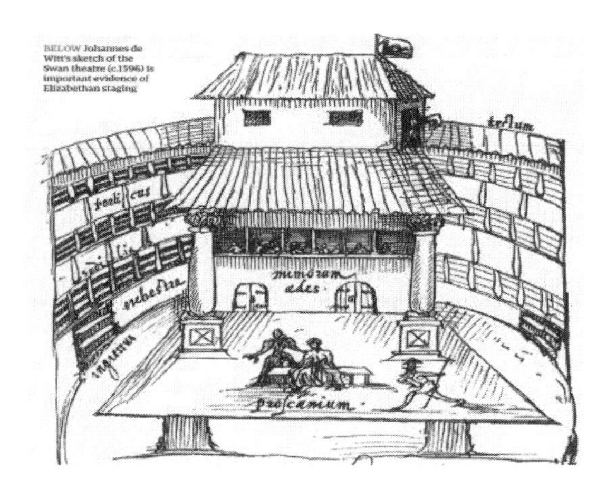

BELOW Johannes de Witt's sketch of the Swan theatre (c.1596) is important evidence of Elizabethan staging


1. 플랫폼: 객석 속으로 돌출해 나온 주요 행동 무대
2. 이 플랫폼 무대 뒤로 난 두 세 개의 문
3. 발견 장소(discovery space): 문들 뒤의 가상공간. 발견이 일어나는 곳 또는 탈의실(tiring room)의 기능
4. 문들 위쪽에 자리한 '하늘'(heaven)로도 불리는 이 층의 제 2의 연기공간: 플랫폼 위에 놓이는 이 연기 공간은 플랫폼보다 무대 폭과 크기가 작고, 발코니로도 사용되었다.
5. 악사석: 지붕 아래 가장 꼭대기에 자리한 악사들의 연주석

이 구조는 대단히 단순한 것이 특징이고 이러한 구조를 이루고 있는 극장이 지향하는 목표는 '극 행위의 지속적인 흐름'을 도모하는 것이어서 극은 거침없이 신속하게 진행되었다. 극 진행은 빠르고 재밌어야 관객을 유치할 수 있었다. 극이 지루하다면 관객들은 극장 가까이 자리한 베어 가든으로 이내 자리를 옮겨가, 말뚝에 묶인 곰이 굶은 개떼들에게 뜯기는 말초적인 놀이인 '곰 놀리기'를 즐겼을 것이다. 엘리자베스 시대 극장의 단순한 기본 구조는 또한 관객의 동향에 따라 언제든 곰 놀리기 시합이 벌어지는 베어 링(Bear Ring)으로의 전환이 용이했다.

이 극장의 무대는 빈 무대(Bare Stage)로서 기본적으로 장소의 비 특정성(unlocalized stage)을 보여주는 벌거벗은 무대이고 중립적인 무대(neutral stage)인

것이 특징적이다. 따라서 배우의 대사에 따라 무대는 어떤 장소도 될 수 있는 유동성을 지닌다. 이렇게 배우의 대사가 결정적인 몫을 하는 극장을 향하는 당대의 관객은 연극을 보러 가기보다는 "들으러" 갔다.

## 9. 셰익스피어 극 읽기 전략: 시작부와 끝 살펴보기

실로 인간은 복잡한 존재이다. 이 복잡한 인간들로 구성된 사회 또한 복잡하다. 이 속에 선 인간은 과연 어떤 상황에서 어떻게 행위할 수 있을까? 셰익스피어 극은 이러한 물음들 앞으로 우리를 끌어다 놓는다. 특히 셰익스피어 극들의 시작부와 끝은 극 전체를 통해 제기되는 물음들을 압축해주고 있어서 주목해 볼 만하다. 4대 비극을 중심으로 시작부와 끝을 면밀히 살펴보기로 한다.

### 1)『리어왕』

1막 1장[26] 리어왕의 왕궁, 집무실. 켄트, 글로스터, 에드먼드 등장

| | |
|---|---|
| **켄트** | 국왕께서는 콘월 공작보다는 올버니 공작을 더 총애하시는 것 같더군요. |
| **글로스터** | 우리에겐 늘 그렇게 보이셨습니다만, 그러나 막상 영토를 분할하려는 지금에 와보니, 어느 쪽을 더 평가하시는지 분간이 어렵군요. 저들의 몫이 너무나 똑같이 분배되고 보니 아무리 세밀히 따져 봐도 우열을 가리기가 힘든 것 같습니다. |
| **켄트** | 이분은 경의 아드님이신가요? |
| **글로스터** | 그 아이의 양육은 제 몫이었습니다만, 제 자식이라고 인정할 때마다 얼굴이 벌게지곤 하던 일도 자주 겪다보니 이젠 철판 깔게 됐습니다, 그려. |
| **켄트** | 도무지 무슨 뜻이신지 통하지가 않는데요. |
| **글로스터** | 허나, 저 아이 어미는 뜻이 썩 잘 통했다오. 그러다보니 배가 불러 올랐고, 침대에 정식 남편을 맞아들이기 전에, 요람에 아들 녀석 하나를 떡하니 눕혀놓게 되었습죠. 자, 이제 감이 오시지요? 어떤 사고를 쳤는지? |
| **켄트** | 사고 친 결과가 이렇게 준수하다면, 저라면 결코 그 사고를 물리고 싶지 않겠습니다. |
| **글로스터** | 그런데 저에겐 이 녀석보다 한 살 위인 적출 아들놈이 하나 있답니다. 딱히 그 아이가 이놈보다 더 귀여운 건 아닙니다만, 비록 이 녀석은 불청객으로 건방지게 이 세상에 튀어나온 놈이긴 하나, 얘 어미는 예뻤다오. 게다가 이 녀석을 만들 때 재미께나 봤으니, 후레자식이지만 인정해줘야겠지요. (1.1.1–19) |

이 극에서 '더(more)'는 총 80번, '그렇게(so)'는 총 130번 나온다. 3행에서 '그러나(but)', 4행에서 '분간이 어렵군요(appears not)' 등의 표현이 보여주듯 이 세계는 판단하기가 명백하지 않은, if but yet world로 불확실한 대안들이 줄기차게 압박해 오는 세계이다. 4행에 나오는 '분할(division)'이라는 단어는 이 극의 핵심 키워드의 하나다. 이 세계는 확고하고 뚜렷한 윤곽을 잡기 어려

26) 김한.『리어왕』. 번역주석본. 도서출판 동인, 2016. 7. 참조.

운, 실로 알쏭달쏭한 세계이다. 글로스터의 서자에 대한 소개 또한 알쏭달쏭하다. 우린 다음과 같은 질문 앞에 세워진다. 이 장면에 나오는 글로스터는 과연 나중에 양 눈이 뽑히는 혹독한 고통에도 불구하고 끝까지 리어왕에 대한 충성을 견지하며 고난의 길을 걷다가 끝내 심장이 파열해 죽는 그 글로스터와 동일인물인가?

리어왕은 다음과 같이 끝나고 있다.

**에드거** 폐하께서 실신하십니다, 폐하, 폐하!

**켄트** 가슴이여, 터져라, 부디, 빠개져라.

**올버니** . . . 우리가 지금 할 일은 국상으로 모시는 일입니다. 당신 두 분께서 이 영토를 통치해주시고 상처투성이의 이 나라를 지켜주소서.

**켄트** 각하, 저는 이내 떠나야 할 여정이 있습니다. 저의 주인님께서 저를 부르시니, 아니라고 거절할 수가 없습니다.

**에드거** 우리는 이 슬픈 시간의 무게에 순종해야겠습니다. 이제는 해야 할 말이 아니라, 느끼는 대로 말하시오. (5.3.285-86; 292-98)

이 극에는 마지막 순간까지 비극의 통렬한 고통이 남아있다. 우리는 묻는다. 새 시대가 온다면 과연 새 시대는 얼마나 정직할 것인가? 해야 할 말이 아니라, 느끼는 대로 말하라는 에드거의 역설은 얼마나 유효한가? 애도 기간이 끝나고 다시 정치적인 삶이 시작될 때, 사람들은 '해야 할 말'을 하는 거짓 게임으로 다시 돌아가지 않겠는가?[27)]

### 2)『맥베스』

『맥베스』는 세 마녀의 대사로 시작된다. 마녀들은 그 존재 자체가 애매한, 여자라고하기엔 수염이 달렸고, 지상 위에 실체를 입고 엄연히 존재하나 거품처럼

---

27) Marsh, Nicholas. *Shakespeare: The Tragedies*. (New York: St. Martin's Press, 1998.) 37.

사라져버리는 기이한 자매들로 지칭된다.

1장. 트인 황야, 천둥과 번개. 세 마녀 등장

마녀 1　우리 셋이 언제 다시 만날까? 천둥? 번개? 아님 빗속에서?

마녀 2　소용돌이가 가라앉을 때, 전쟁이 지고도 이겼을 때.

마녀 3　그것은 해지기 전 무렵에.

마녀 1　장소는?

마녀 2　황야에서.

마녀 3　거기서 맥베스를 만난다.

모두　아름다운 것은 더러운 것, 더러운 것은 아름다운 것,
안개와 더러운 공기 사이로 흐르는구나. (1.1.1-13)

2장. 한 진영. 안에서 나팔소리. 던컨 왕, 말콤, 도날바인, 레녹스와
수행원들 입장. 피를 흘리는 부대장을 만난다.

던컨　저 피투성이 인간은 누구인가? 그자의 정황으로 보아 그자는
가장 최근의 반란에 대한 보고를 제대로 할 자로다.

말콤　이자는 부대장입니다. 환영하오, 용감한 친구여. 왕께
자네가 떠나올 때의 전황에 대해서 아는 대로 보고하라.

부대장　승패가 의심스러웠습니다. 마치 헤엄치는 두 사람이 기진맥진하여 상대방으로부터 헤엄칠 자유를 빼앗듯이 서로 달라붙어 있었으니까요. 잔인한 맥도널드는. . . 운명의 여신마저 역적의 정부가 된 듯싶었습니다. 허나. . . 용감한 맥베스 장군이 . . . 운명을 무시하고 검을 휘둘러 피 연기를 뿜으면서. . . 배꼽에서 턱으로 적장을 한칼로 잘라 그 머리를 성벽 위에다 걸어 놓았답니다.

던컨　오, 용감한 친척! 실로 훌륭한 신사로다.

부대장　하오나 해가 뜨는 동녘에서 배를 난파케 하는 폭풍과 무서운 뇌성이 일어나듯이, 기쁨이 솟는 듯 보이던 바로 그 원천에서 불안은 끓어 올라오고 말았습니다. . . .

노르웨이 왕이 신예 무기와 새 병력을 투입하여 급습해 왔습니다.

던컨 겁을 내지 않았던가? 맥베스와 뱅코우 두 장군은?

부대장 두 분은 이중으로 탄약을 잰 대포인 양 적에게 두 배의 공격을 가했습니다. 실로 피를 뿜는 상처에서 목욕을 할 참이었는지, 제2의 '골고다의 언덕'을 기념으로 남겨놓을 참이었는지 알 수 없을 지경이었습니다. 더 이상 말씀을 드릴 수가 없군요. 어지러워 기절할 것 같습니다. 제 상처가 도움을 청하고 있습니다.

던컨 자네의 말은 자네의 상처에 어울리는 말이로다. 둘 다 명예를 기리고 있도다. 자, 가거라. 저 자에게 의사를 데려다 주거라. (1.2.1-44)

이 두 장면은 이 극의 두 개의 시작부라고 할 수 있다. 마녀가 등장하는 1막 1장의 내용은 실제로 아무것도 없다. 불필요하다고도 볼 수 있다. 그렇다면 왜 굳이 이 장면을 삽입했을까? 이 장면의 첫소리는 천둥이고 첫 광경은 번개다. 첫 인물은 우리를 화들짝 놀라게 하는 초자연적인 존재들이다. 셰익스피어는 극의 시작에서 관객을 충격으로 흔들어 놓으며 곧장 이 극의 세계로 격렬하게 뛰어들도록 이끈다.

잇달아 오는 2장은 보다 친숙한 상황을 제시한다. 그러나 실제로 이 장면은 정상적인 것과는 거리가 멀다. 왕은 죽을 정도로 피를 철철 흘리고 있는 부대장에게 의사를 불러주기 전에 보고할 것을 요구한다. 부대장은 치명상에도 불구하고 장황하게 전황을 상세히 묘사한다. 피의 전쟁, 인간 생명에 대한 무심함이 지배적인 이 장면에서 강조되는 것은 무질서와 야수성이다.

이 장면의 언어는 밀도가 짙고 은유와 직유로 가득 차 있다. 작가가 자유롭게 구사한 심상과 단어는 인간과 자연에 내재한 거친 야성을 생생하게 울려주고 있다. '솔기를 가르는 것'은 칼로 배를 갈라 창자를 꺼내는 'disembowelling'을 지칭하는 용어로, 목욕은 상처로 범벅이 된 용사들의 피의 목욕 'reeking wounds'를 지칭하는 용어로 짝지어진다.

이 장면에서 부대장이 전하는 전쟁의 포악성과 첨예하게 대조되는 왕의 고상한 감탄은 관객인 우리에게 얼마나 유효하게 다가올까?

첫째, 맥베스가 거침없이 반란자 맥도널드의 목을 베어 성벽 위에 매달았다는 보고를 듣고 즉시 터져 나온 "용감한 친척, 실로 훌륭한 신사로다!"라는 찬사는 살인 전문가의 무자비한 잔혹성에 대한 왕의 끔찍한 무감각과 무지로 다가오지 않는가? 둘째, 치명상을 입은 부대장이 기절할 지경까지 숨을 껄떡거리며 보고를 다 마친 뒤에야 "자네의 말은 자네의 상처에 어울리는 말이로다. 둘 다 명예를 기리고 있도다"라며 칭송하는 '명예'라는 것은 엄청난 살육을 가리는 허위에 불과한 것이 아닌가?

이 작품에서 인간의 첫 대사인 "저 피투성이 인간은?"이라는 질문은 부대장에게만 적용되는 질문일까? 이것은 죽음을 두려워하는 기색 없이 시체의 산을 쌓아가는 맥베스와 뱅코우에게도 적중하는 질문이 아닌가? 그리고 결국 던컨왕 자신에게로 돌려지는 물음 아닌가?

이제 맥베스의 결말부를 살펴보기로 하자.

9장. 성안. 나팔 소리, 북과 깃발과 함께 말콤, 노 씨워드 장군과 로스 영주들, 군인들 등장

**말콤** 우리가 그리워하는 친구들이 안전하게 도착했으면 합니다.

**씨워드** 이와 같이 위대한 날이 비용을 들이지 않고 구매된 것 같구려.

**로쓰** 당신 아들은 군인의 빚을 갚았습니다. (5.9.1-5)

(맥더프, 맥베스의 머리를 들고 등장)

**맥더프** 국왕 만세! 보시오, 여기 찬탈자의 저주받은 머리가 있소. 이제 자유의 세상이오.

**모두** 스코틀랜드 왕 만세!

**말콤** 짐은 당신들 각기에 대한 사랑을 표현하고 공평하게 하기 위해 큰 시간을 들이지 않을 것이오. 그 밖에 짐을 부르는 필요한 일은 신의 은총에 의해서 측정한 결과에 따라서 시간과 장소를 고려하여 짐이 수행할 것이오. 이제 모두에게 각자에게 감사를 드리는 바이오. 여러분 모두 스콘에서의 짐의 대관식에 초대하오. (5.9.21-42)

셰익스피어가 활동하던 런던에서 사람들의 왕래가 잦았던 테임즈 강 위에 세워진 런던 브리지를 장식하며 수시로 새로운 볼거리를 제공해주던 전시물은 배신자로 낙인 찍혀 갓 잘라진 인간의 머리들이었다. 던컨 왕을 대신하여 맥베스가 갓 잘라 목을 매달았다고 보고되는 반란자 맥돈월드도 어제 까지 던컨 왕의 가장 극진한 총아였다. 맥돈월드처럼 던컨왕의 총아 맥베스의 머리도 머지않아 꽂혀질 것이다.

이전 장면의 거친 야생성으로부터 구제된 안도감을 보여주는 마지막 장면에서 맥더프는 맥베스의 머리를 들고 등장한다. 이 충격적인 물체는 이 비극의 잔인성을 압축해주며 질서 잡힌 마지막 장면에 물리적으로 침입해 끝까지 무대 위에 남아있다. 말콤이 “측정한 결과에 따라 시간과 장소를 고려하여 수행할 것”이라고 선포할 때, 그가 구축하는 질서는 면밀 주도하게 짜인 질서라는 인상을 준다.28) 질서는 회복될 것이고 생존자들은 비극의 씁쓸한 진실로부터 재빨리 거리두기를 할 것이다.

그러나 관객은 이 평화로운 마지막 장면에 여전히 머물고 있는 비극의 상기자를 간과할 수 있을 것인가? 가장 생생하고 선명하게 눈을 찌르는 맥베스의 머리에서 시선을 거둘 수 있을 것인가? 어떤 정당화에도 불구하고 전쟁이란 인간의 머리를 자르는 것과 관련된 일이라는 물리적 진실을 지울 수 있을 것인가? 이 마지막

28) 언어는 다양하고 유동적이다. 먼저 눈에 띄는 심상은 상업과 연관된 것으로서, 삶, 죽음, 슬픔을 위시한 인간의 자질은 모두 흥정과 가격의 은유와 연관지어지고 있다. 모든 것의 가치는 측정에 놓인다. 말콤의 논의의 주제는 비율(proportion)이며 인물들이 사용하는 줄기찬 상업과 관련된 은유들에 의해 생과 사의 계량화될 수 없는 주요한 것들이 확고하게 분배되고 있다(Marsh 45).

무대는 정치적인 질서와 언어가 과연 적절한 것인가라는 근본적인 물음 앞에 우리를 다시금 마주하게 한다. "저 피투성이 인간은?"이라는 던컨왕의 질문은 말콤에게도, 맥더프에게도 적중할 것이며, 피투성이 무대를 즐기는 관객인 우리 자신에게도 적중할 질문이 아닌가?

### 3) 『햄릿』

1막 1장 엘지노어 성 앞의 플랫폼. 프란시스코가
그의 자리를 지키고 보초를 서고 있고 그의 앞에 바나도가 등장한다.

**바나도** 거기 누구냐?
**프란시스코** 아니, 나에게 대답하라. 발을 멈추고 자신이 누구인지 말하라.
**바나도** 국왕 폐하의 만수무강을!
**프란시스코** 끔찍이 춥구나. 가슴이 빠개지듯 아프군.
**바나도** 간밤에 무사했는가?
**프란시스코** 쥐새끼 한 마리 얼씬거리지 않았지. (1.1.1-10)

유령 등장

이렇게 이 극은 칠흑 같은 어둠 속에서 망을 보는 보초의 'Who's there?'이라는 질문으로 시작한다. 'unflod yourself'라는 표현처럼 인간의 정체는 베일에 싸인 듯 불투명하다. 바나도의 '국왕 폐하의 만수무강을!'이라는 말 또한 불투명하다. 이 관습적인 인사말은 누구를 향하는가? king은 세상을 떠난 햄릿 왕인가? 아니면 현재 집권하고 있는 클로디어스 왕인가? 이어지는 프란시스코의 말 속에, 가슴이 빠개지는 아픔은 극심한 추위에서 오는 것인가? 아니면 다른 이유로 그의 가슴이 아픈 것인가? 그리고 쥐새끼 한 마리 얼씬거리지 않는 절대적 정적에 이어 나타난 유령의 정체는 과연 무엇인가?

이 극은 한 인간이 다른 인간에게 품은 의심과 불확실성에서 끊임없이 계속되는 'Watching'을 보여주는 극이다. 인간의 정체성에 대한 불확실성과 회의를 다루는 이 극은 무수한 의문으로 가득 찬 대표적인 르네상스 극이다. 보초의 'Who's there?'는 이 극의 등장인물뿐 아니라 관객 모두에게 던지는 질문이기도 하다.

햄릿의 마지막 장면에서, 죽은 자들의 시체로 가득 찬 가운데 호레이쇼의 팔에 안긴 햄릿이 숨을 거두는 모습을 외부의 정복자 포틴브라스가 내려다보고 있다. 포틴브라스는 슬픔과 함께 자신의 운명을 껴안겠다고 말하며 장례식을 장대하게 국상으로 치를 것을 명한다. 그가 이렇게 군사적인 질서를 부각할 때 우리는 신랄한 아이러니를 감지한다. 정치는 계속될 것이고, 포틴브라스는 시체가 처리되기 무섭게 자신의 요구를 재빨리 관철시키기에 충분한 정치가가 아니던가? 또 살아남은 자로써 호레이쇼는 햄릿의 이야기를 진실 그대로 기록하겠다고 선포하지만, 과연 햄릿의 이야기를 진실 그대로 기록에 담는 것이 가능할까? 결국 그 기록 또한 호레이쇼의 버전에 불과한 것이 아닐까?

### 4) 『오셀로』

이 작품에서 데스데모나의 마지막 말은 모순을 보여준다.

**에밀리아** 오, 말 좀 해보세요.
**데스데모나** 난 죄가 없는데 죽어요.
**에밀리아** 오, 마님. 다시 말해보세요. 누가 이런 짓을 했나요?
**데스데모나** 아무도 아니에요. 나 자신이에요. 안녕. 나를 나의 친절한 주인에게 양도해줘요, 오, 안녕. 안녕 (죽는다) (5.2.139-45)

무고하게 죽어가는 데스데모나
『오셀로』의 결말부 5.2

그녀는 죄 없이 죽어야 하는 자신의 'guiltless death'(무고한 죽음)에 대한 억울함을 분명히 언급하는 동시에 이 소행의 주체를 'Nobody, I myself'(아무도 아닌, 나 자신)라고 지칭한다. 과연 Nobody는 누구인가? 오셀로인가? 그로 하여금 그런 행동을 하도록 이끈 그녀 자신인가? 둘 다 아니라면 무엇을 의미하는 걸까?

2장

# 귀를 통해 새롭게 읽는 『한여름 밤의 꿈』

## 1. 들어가며

『한여름 밤의 꿈』(*A Midsummer Night's Dream*)은 셰익스피어 최초의, 성숙하며 위대한 희극으로, 『12야』(*Twelfth Night*), 『좋으실 대로』(*As You Like It*)와 더불어, 가장 빼어난 세 편의 낭만 희극 중, 첫 번째 작품이다. 1970년 피터 브룩의 주도하에, 영국 로얄 셰익스피어 극단(RSC)에서 제작한 『한여름 밤의 꿈』 공연은 20세기의 가장 영향력 있는 셰익스피어 공연 중 하나로, 오늘날까지 상당한 주목을 받고 있다.

이 글은 아테네와 숲을 중심으로, 등장인물들이 펼쳐 보이는 "바보 쇼"(fond

pageant)와 극 중 배우들의 조야한 극중극을 살펴보고, 이를 지켜보는 관객의 역할에 대해 조명해봄으로써, 셰익스피어의 연극과 인간 이해에 대한 비전의 핵심에 도달하고자 한다.

### 1) 아테네와 숲

이 극의 주제는 사랑과 결혼이다. 이 극은 젊은 아테네 연인들의 엇갈린 구애를 통해 실수와 혼돈을 극화한다. 이 작업은 도시 아테네(Athens)와 이곳에서 떨어진 숲, 두 장소에 걸쳐서 일어난다. 이 극의 대부분의 행위는 어둠이 드리운 아테네 외곽의 숲에서 일어나고, 이 숲은 주요 거주자들인 요정들의 활동무대로 설정된다. 극의 행위는 달빛 속에 푹 담겨진 가운데, 꿈꾸는 듯한 분위기 속에서 마술적 요소(magic)와 즐거운 서정성, 유동성과 가변성을 부각한다. 그러나 이 극이 숲을 통해 담아내고 있는 것은 "서정적인 도피적 환상"(lyric escapist fantasy) 이상의 어떤 것이다(G. J. Watson 81).[29] 이 극은 아름다운 요정 여왕이 당나귀 대가리를 한 흉측한 바텀(Bottom)의 모습에 푹 빠져 깊은 사랑을 느끼는 상징적 장면을 통해 사랑의 불합리성에 대한 강렬한 그림을 제공한다.

**티타니아** . . . 아름다운 당신의 힘은 저를 움직여
처음 보는 순간, 제가 당신을 사랑한다고 맹세하도록
만드는군요.

**바텀** 그러시다면 댁은 별로 분별력이 안 계신 것 같소.
솔직히 말씀드리자면, 이성과 사랑은
요즘 별로 사이가 좋지 않습니다. (3.1.117-21)

29) Watson, G. J. *Drama: An Introduction*. NY: St. Martin's Press, 1983.

바텀의 대답은 이 극이 내포하는 '도덕'에 대한 하나의 강조적인 진술이기도 하다. 이성과 사랑의 대립은 이 극의 배경인 두 장소 간의 대조를 통해 더욱 첨예화되고 있다.

이 극의 시작과 끝은 도시 아테네(Athens)에서 일어난다. 극의 중간부가 일어나는 장소는 요정들이 주도하는 '마술적인 숲'(enchanted wood)이다. 아테네는 지혜와 도시 문명의 수호여신 아테네(Athene)에게 바쳐졌던 고대에서 가장 문명화된 도시로, 아테네의 통치자 티시우스는 이 극에서 합리적인 인간상을 구현하고 예시하도록 그려지고 있다. 그는 사랑과 결혼에 하나의 사회적 가치를 부여한다. 그에게 있어 결혼이란 단지 두 개인 간의 사적인 계약 이상이다. 결혼이란 궁극적으로 사회를 함께 맺어주고 그 존속을 보장해주는 결속으로, 사회 전체가 즐거워할 만한 사건인 것이다. 그러므로 주인공의 결혼은 희극의 결말을 가져오는 사건으로 규정될 수 있는 것이다.

극이 시작할 때 티시우스(Theseus)는 무력을 동원해 신부를 쟁취했던 정복자로 등장한다. 아테네의 귀족 이지어스(Egeus)가 통치자로서 해결을 요청하러 왔을 때 티시우스는 절대적으로 이지어스의 편을 들어준다. 이지어스의 딸이 아버지의 뜻을 거스르고 스스로 선택한 남자를 사랑한 대가로 이지어스가 딸에게 사형을 구형할 수 있는 절대 권리를 주장할 때 티시우스는 그를 전폭 지지한다. 그러나 결말부에서 티시우스는 이런 모습에서 벗어나 이제 오를 결혼식이 새로운 음조 가운데 거행될 것이라고 말하며, 즐거운 축제를 선포한다.

**티시우스** 아테네 젊은이들을 즐거움으로 부추기고
기쁨의 생기 있고 활발한 기운을 일깨우시오.
우울일랑 장례식으로 보내오.
창백한 친구는 우리의 축제에 어울리지 않소.
히폴리타여, 나는 당신을 칼로 구애했고,
당신에게 해를 가하며 당신의 사랑을 쟁취해냈소.

그러나 이제 다른 음조에서 당신과 결혼하는 것이요.
흥겹고도 성대한 축제 분위기에서. (1.1.13-19)

비록 티시우스는 4막까지 다시는 등장하지 않지만, 무대는 우리 관객들에게 '사랑의 불합리성'이라는 주제를 끊임없이 상기시킨다. 젊은 연인들은 '이성의 도시'로부터 '비이성의 장소인 숲'으로 도망한다. 디미트리우스(Demetrius)의 대사, "허미아를 만날 수 없으니 / 이 숲속에서 미치겠네"(And here am I, and wood within this wood / Because I cannot meet my Hermia.)(2.1.192-93)에서처럼, 숲(wood)은 미치다(mad)와 동의어가 되고 있다. 연인들이 숲에서 펼치는 행위란 실로 '미친'(wood) 짓이다. 숲에서 일어나는 일은 합리적인 용어로 설명될 수가 없다. 라이젠더는 숲에서 잠이 들고 그 잠에서 깨어나는 순간, 잠들기 직전까지 목숨을 걸고 맹세했던 허미아를 향한 사랑에서 헬레나로 완전히 방향을 전환한다. 그의 반전은 어떤 논리도 합리적인 이유도 거부한다. 라이젠더가 불합리성의 극치를 보여주는 행동을 이성의 이름으로 정당화하는 것은 실로 코믹하다.

**라이젠더** [깨어나며] 사랑스런 당신을 위해서라면 불 속으로라도 뛰어들겠소! 대자연이 그 예술을 보여주는 수정같이 투명한 헬레나여!

**헬레나** 그런 말씀 마세요, 라이젠더님, 그런 말하심 안 되죠.
그런데 허미아는 여전히 당신을 사랑하잖아요, 그러니 그걸로
만족하세요.

**라이젠더** 허미아로 만족하라고? 그럴 순 없소. 그녀와 보낸
저 지루한 시간들, 매분이 후회되오.
내가 사랑하는 것은 허미아가 아니라, 헬레나요.
누가 까마귀를 비둘기와 바꾸지 않겠소?
사내의 의지는 이성에 따라 움직이는 법,
이성이 말하기를 당신이야말로 더 훌륭한 처녀라고 하오. (2.2.109-22)

밤새 일어난 이 변심의 돌발성(suddenness)과 예측할 수 없는 사랑의 가변성을 어떻게 설명할 수 있을 것인가? 셰익스피어가 이 극을 통해 그의 극 언어로 제시하고 있는 설명처럼, 밤새 찾아와 그의 눈에 사랑의 묘약을 잘못 떨어뜨리고 간 요정의 실수로 밖에는.

실수와 혼돈이 거의 교통 정리되어 갈 무렵, 티시우스가 등장하는 것은 실로 시사적이다. 인간의 사랑이 펼쳐지던 '바보 쇼'의 무대를 비추던 조명이었던 환영(phantom)과도 같은 달빛이 사라진 그때, 햇살과 함께 이성의 빛이 발하기 시작한다. 숲으로부터 도시로의 이동은 분명히 상징적이다. 여러 쌍의 결혼은 이 극의 결말에 하나의 기쁜 축제적 의미를 부여하는 동시에 개인적 욕망과 사회적인 법 간의 갈등, 즉 허미아와 라이젠더를 아테네 밖으로 내몰았던 그 사건이 해결된 그때, 사랑의 힘이 사회의 공동선(common good)을 지향하고 있음을 지시해준다(Watson 84).

그러나 연인들이 아테네에서 숲으로 도주한 것을 반드시 불합리성의 도가니로 투신한 거라고 해석할 필요는 없다. 그것은 오히려 자연이 주는 자유로의 도주라 하겠다. 숲이란 퍽(Puck)의 말처럼 모든 갑돌이(Jack)가 그의 갑순이(Jill)를 얻게 되는 곳으로, "자유의 장소"인 동시에 "비조직화된 무대를 통과해 마침내 증대된 안정 속으로의 인도를 재주창하는 곳"이기도 하다. 실로 숲은 '냉정한 이성'(cool reason)의 울타리를 넘어 상상적인 통찰력과 진리를 제공하는 하나의 풍요로운 상징적 장소로도 기능한다. 이 장소에 대한 이해는 그 속에 거주하는 요정들에 대한 이해를 요구한다.

### 2) 요정들

요정들은 셰익스피어에게 있어 어떤 인간적 진리를 탐색하는 하나의 유용한 픽션이다(Watson 86). 『맥베스』의 마녀들과 『리어왕』의 제신들이 인간의 운명과 길(fate and destiny)에 대한 생각을 상징적으로 드러내는 표현이듯, 이 극에서 요정은 사랑과 자연에 관한 생각의 상징적 표현이다. 이 극의 에필로그에서 퍽은 관객에게 직접 분명하게 말한다. 요정을 문자 그대로 받아들일 필요가 없음을.

퍽 우리 그림자 같은 존재들이 거슬렸다면
다만 이렇게 생각하신다면 만사 O.K.입니다.
이 환영들(visions)이 나타난 동안
여러분은 여기서 잠깐 졸으셨다고요.
그리고 이 허약하고 부질없는 주제는,
그저 한낱 꿈밖에 내놓지 못할 뿐이니,
신사 여러분들이여, 부디 꾸짖지 마시와요. (5.1.401-7)

'이 환영들'이야말로, 사랑과 이성의 관계에 대한 강력한 통찰을 가능케 하는 상상적인 장치인 만큼 진지하게 받아들일 만한 것이기도 하다.

요정들이 거하는 달빛으로 물든 숲은 햇빛 비치는 이성의 도시와 연관 지워진다. 요정 왕 오베론(Oberon)과 요정 여왕 티타니아(Titania) 간의 싸움은 티시우스와 히폴리타가 성취한 조화로운 화음과 대조되는 동시에 젊은 연인들의 격렬한 다툼과는 평행 지워진다. 오베론과 티타니아 간의 불화는 이 극의 서두에서 허미아와 그녀의 아버지 사이에 보이는 사회적 불협화음보다 훨씬 심각한 우주적인 불협화음으로 자연 자체의 커다란 동요를 초래하고 있다. 2막 1장에서, 시적인 표현이 넘치는 티타니아의 위대한 스피치가 보여주는 사상과 심상은 우주적인 불협화음을 예고한다. 티타니아는 그들의 불화가 춤을 망가뜨렸다고 말한다. 그 결과 자연의 생식력은 황폐한 불모성(waste)으로 바뀌었고 계절의 질서와 자연의 리듬은 교란되었다.

티타니아 그러니 소가 쟁기를 끌어도 헛일, 농부의 땀은 소용없이
파란 옥수수는 수염이 나기도 전에 썩어버렸지요.
물이 찬 들판에는 가축우리가 텅 빈 채, 가축 시체로

까마귀들만 배가 불러요.
아홉 남자가 추는 모리스 춤판도 진창 속에 묻혀버리고,
사람들의 발길이 끊겨버린 무성한 풀밭 속의 교묘한 미로들은
알아볼 수가 없어요.
사람들에겐 겨울의 즐거움이 없어지고,
찬가도 복된 캐롤도 없는 밤이 계속될 뿐
. . . 우리가 보게 되는 것은 온통 뒤바뀐 계절;
진홍색 장미꽃의 싱싱한 무릎 위에 허연 백발을 한 서리가 내리고
동장군의 차가운 대머리 위에, 조롱하듯 향기로운 여름날의 꽃봉오리가
화환처럼 장식되는군요. 봄, 여름,
수확의 가을, 성난 겨울이 입어왔던 옷들을 바꿔 입으니,
세상은 혼미해지고, 이 혼란은 갈수록 더해가니,
이제 무엇이 무엇인지 구별을 할 수가 없게 됐어요.
이 화근은 바로 우리의 언쟁에서 비롯했고, 우리의 불화가
바로 원인이지요. (2.1.93-116)

이 극은 전반적인 심상과 배경(setting)을 통해 오베론과 티타니아를 자연의 버전(versions)이자 풍요의 신(fertility gods)으로 그려내고 있다. 셰익스피어는 요정 왕과 요정 여왕에게 다산과 생식력의 대리인(agents)으로서 마지막 임무를 부과한다. 새로 결혼한 세 쌍의 신부들의 침실에 축복을 기원한다.

이 극은 합리적인 것과 본능적인 것 간의 미묘한 균형을 지탱하고 있다. 도시 아테네와 마법의 힘이 작동하는 숲(enchanted wood)의 병치를 통해 셰익스피어는 순수한 하나의 극적 갈등을 창조한다. 젊은 연인들과 바텀은 숲에서 특별한 경험을 했고, 이 경험은 전적으로 요정들의 적극적인 개입으로 제공된 선물이었다. 요정들이 야기한 이 특별한 경험은 과연 무엇이 실재(reality)인가에 대한 의문을 일으킨다. 4막 1장에서 잠에서 깨어나는 연인들의 대사는 이 불확실성에 대한 탁월한 표현을 제공한다.

디미트리우스 이 일들이 아물아물 작아져 구분할 수가 없어요,
마치 저 멀리 떨어져 있는 산들이 구름으로 바뀌듯이.
허미아 반쯤 감긴 눈으로 뵈는 것 같아요,
모든 게 이중으로 겹쳐 보이니. . .
디미트리우스 우리가 확실히 깨어있는 건가요?
나는 우리가 아직 잠자고 꿈꾸고 있는 것 같소. (4.1.184-91)

이 극의 결말부에서 위험했던 불협화음으로부터 화음과 조화를 가져온 것은 희극을 지배하는 행운의 세력(Fortune)인 요정왕 오베론이다. 또한 오베론의 자비로운 조정을 우리가 기꺼이 받아들이고 즐길 수 있는 것은 보다 더 어두운 세계가 존재함을 인식하게 되었기 때문이다. 그 세계는 밤의 세계인 것이다.

퍽 굶주린 사자가 포효하고 늑대가 으르렁대며 지치게 하는 고된 일과가 끝난 후 곤한 농부가 코 고는 밤. 밤새 수리부엉이가 큰 소리로 울어대는 가운데 비탄 속에 누운 병상의 환자가 수의를 떠올리는 밤. 모든 무덤은 아가리를 잔뜩 벌려 공동묘지 길로 유령들을 토해내는 밤. (5.1.349-59)

이렇게 셰익스피어의 희극이 제공하는 긍정(affirmations)이란 비-희극적인(non-comic) 우주라는 대안을 분명히 인식시킴으로써 힘을 얻고 있다.

## 2. 등장인물들과 "바보 쇼"

이 극의 인물들은 독자적인 개성이나 성격을 보여주지 않는다. 주제가 사랑인 이 극에서 네 명의 연인들은 얼마든지 서로 자리 바꿈(interchangeability)이 가능하다. 셰익스피어는 이 구별의 무산을 강조적으로 극화하는 것처럼 보인다. 셰익스피어의 이러한 시도가 의도적인 것이라면, 그것이 궁극적으로 어떤 효과를 성취하고

있는지 살펴보기로 한다.

이 극에 등장하는 인물 계층은 크게 네 가지로 분류될 수 있다.

첫째, 초자연적 존재인 요정들
둘째, 아테네의 최고 통치자인 공작과 히폴리타 부부
셋째, 아테네의 귀족 이지우스를 비롯하여 그의 딸 허미아와 친구 헬레나, 아테네의 귀족 청년 라이센더와 드미트리우스
넷째, 아테네의 노동 계층인 길드의 직공들(mechanicals)

이들 중 초자연적 존재인 첫째 그룹은 이 극에 등장하는 모든 인물의 행위를 지켜보는 관객이 된다. 이들 다양한 계층의 인물들은 엘리자베스 시대의 연극 제작을 둘러싼 통치자와 극작가, 배우들의 함수관계, 가부장제도 속에서의 배우자 선택을 둘러싼 여성의 법적 지위와 가장의 친권행사 범위 등 당대의 문화를 조명해주고 있다. 1막 1장에서 허미아의 아버지인 귀족 이지우스는 딸에 대한 소유권과 생명 처분권을 주장한다.

**이지우스** 나는 오랜 아테네의 법의 특권을 빌어 주장하는 바인데
걔는 내 것이니, 그 아이의 처분권도 내게 있소.
이 경우에 즉각 시행할 수 있도록 마련되어 있는
우리의 법에 입각해서, 그 아이는
이 신사에게 시집가던가, 아니면 사형이요. (1.1.41-45)

아테네의 공작 티시우스는 이러한 이지어스의 주장이 옳음을 확인해준다.

**티시우스** . . . 예쁜 처녀야, 말 들으렴.

너에게 네 아버지는 신과 같은 존재렸다.
그분은 너의 아름다움을 지으신 분이지, 그래
그분에 대해 너는 한낱 그분이 찍어놓은 밀랍 형상에
불과해. 그 형상을 빚던가, 뭉개버리는 것은 그분의
손에 달린 거란다. (1.1.46-51)

셰익스피어는 이 주장의 불합리성을 극화해줌으로써 아테네의 법이 새로운 세대의 현실적인 욕구에 적용되기엔 이미 낡았음을 웅변하고 있다. 과거로부터 내려오던 아버지의 권리가 이제 다시 검증받기 위해 심판대에 오르고 있다. 이 희극은 이지어스의 딸 허미아가 공작의 공식적인 승인을 얻어 자신이 사랑하는 남자 라이젠더와 결혼함으로써 해피엔딩으로 끝난다. 경직된 법과 제도를 뛰어넘은 이 승리는 진정한 사랑(true love)의 성취를 위해 결코 순탄치 않은 경로를 통과한 여주인공 허미아의 사랑의 힘이기도 하다.

이렇게 셰익스피어는 16세기 영국 엘리자베스 시대 가부장제 아래서 여성의 재산 상속권은 물론 배우자 선택권과 생사여탈권까지 전적으로 아버지에게 위임되었던 법적 제도의 모순과 불합리성을 낭만 희극(romantic comedy)의 형태를 도입하여 희화화하고 있다. 『한여름 밤의 꿈』의 극 중 연출가이기도 한 요정왕 오베론과 그의 조수인 요정 퍽은 무대 양쪽 끝에 서서 팔짱을 낀 채 인간들이 펼치는 일련의 행위를 지켜본다. 초자연적 존재들의 눈에 비친 인간의 행위는 실로 우스꽝스럽기 그지없는 "바보 쇼"이자, 재밌는 구경거리이다. 퍽은 이 쇼를 함께 구경하자고 오베론에게 제안하며 이렇게 말한다.

퍽 내가 잘못 알아보고 실수를 저질렀던 저 젊은 친구는

연인의 급여를 애원한다고 난리가 났네요.
우리 저들의 바보스런 행진이나 구경할까요?
주인님, 이 인간이란 친구들은 얼마나 기막힌 바보들인지요! (3.2.112-15)

인간(mortals)은 이 무대에 끊임없이 들락날락하며 "바보들의 행진"을 계속해간다. 여기서 퍽의 대사는 셰익스피어의 위대한 비극 『리어왕』의 주인공 리어의 고백을 연상시키기도 한다.

**리어** 우리가 태어날 때 우는 것은 이 커다란 바보들의 무대에 오게 된 것이 서러워서야. When we are born, we cry that we are come / To this great stage of fools. (4.5.174-75)

티시우스 공작은 아테네의 최고 통치자다. 이 극의 5막에서 극중극 『피라무스와 씨스비』(*Pyramuth and Thisbe*)를 관람하며, 극 중 관객들이 조롱과 야유를 퍼부을 때 티시우스는 말한다.

**티시우스** 가장 빼어난 최상의 연극일지라도 그림자에 지나지 않는 것. 우리가 상상력으로 보충해준다면 가장 형편없는 연극이라도 별로 나쁘지 않을 것이요. The best in this kind are but shadows, and the worst are no worse, if / imagination amend them. (5.1.205-6)

관대한 통치자의 큰 아량을 보여주는 이 코멘트는 연극과 인생에 대한 셰익스피어의 통찰을 실어주고 있으며, 나아가 영원히 불완전한 연극을 닮은 인생에 대한 신의 조망을 제시해주기도 한다.

1970년 피터 부룩의 공연에서 티시우스와 오베론 역에 같은 배우를 기용한 것은 통찰력 있다. 이 시도는 이후 아드리안 노블(Adrian Noble)의 공연(1994)을 위시한 이 극의 주요 공연에서 채택되고 있다.

『한여름 밤의 꿈』의 극-중-극인 『피라무스와 씨스비』의 주인공 피라무스 역을 맡은 직조공 바텀(Bottom)은 장인들 무리에서 가장 생동적인 인물이다. 그는 이 극을 구성하는 모든 존재의 층을 통과하는 인물로, 이름 그대로 존재의 토대와 기초가 되어주는 역할을 담당한다. 느닷없이 요정 여왕의 연인이 되어 그녀의 침실로 끌려가는 예기치 않은 상황에서도 바텀은 특유의 적응력을 발휘하며, 탁월한 임기응변으로 거침없이 대처한다. 어느 상황에서도 할 말을 가지고 있는 그는 또한 이 극에서 유일하게 각본에 없는 그 자신의 말로 관객이 던지는 질문에 즉흥적으로 대답해 큰 즐거움을 제공한다.

바텀을 포함한 아테네의 직공들은 공작의 결혼 피로연에 그들의 연극이 채택되기를 간절히 염원한다. 그것은 온종일 일해 벌 수 있는 하루 수당의 절반인 6펜스를 평생 받을 수 있는 기회를 의미하며, 이것은 그들에게 꿈과 같은 '대박'이다. 그러나 리허설 때 피라무스 역을 맡은 바텀이 실종되자, 이 꿈도 함께 실종된다.

**플루트** 어이구 우리 이쁜 바텀아, 이리하여 넌 평생 일당 육펜스의 수당을 날려 버렸구나. 하루에 육 펜스를 이렇게 날려버릴 수는 없어! 바텀이 피라무스 역을 했다면 틀림없이 하루 육 펜스를 하사하셨을 게다. 아니라면 내 목을 매달아. 바텀은 그걸 받을 만하거든. 피라무스 역을 해서 하루에 6펜스의 수당을 받을 기회를 놓친다면 바텀은 아무것도 아닌 게야. (4.2.15-19)

엘리자베스 왕조의 문화를 여실히 보여주는 이 극에서, 특히 이 대사는 당대의 통치자와 극작가 및 연기자 사이의 권력의 함수관계를 생생하게 드러내 주고 있다.

바텀의 실종은 요정 퍽의 장난에서 기인한다. 퍽 또한 바텀처럼 다양한 존재의 계층을 넘나든다. 요정 왕 오베론의 메신저 역할을 담당하는 그는 이 극에 등장하는 다른 요정들이 그렇듯 성별을 구별 짓기 어려운 중성적 인물로, 자유로이 몸의 형태를 바꿔가며 언제 어디든 신속하게 출몰한다. 그가 행하는 실수와 장난은 인간들의 주요 갈등을 야기하고 이 갈등이 극의 플롯을 전개시킨다. 이 과정에서 투박하고 무식한 장인들과 다른 계층 간의 대조가 첨예화된다. 퍽의 즉흥적인 장난기는 관객들에게는 희극적 흥미의 원천이 된다. 그의 우발적 실수와 장난에 의해 탄식하고 괴로워하는 무대 위 인간들의 모습은, 『리어왕』에 나오는 글로스터(Gloucester)의 유명한 대사 "장난꾸러기 소년들이 심심풀이로 파리를 때려잡듯 신은 인간을 죽인다."(As flies to wanton boys are we to the gods; / They kill us for their sport.)(4.1.36-7)의 희극적 버전이다.

앞서 2장에서 살펴보았듯 요정 왕 오베론과 그의 아내 요정 여왕 티타니아 사이에 일어난 사소한 다툼은 전 자연 세계의 리듬과 질서를 교란시킨다. 2막 1장에서 보이듯 귀여운 인디언 소년 하나를 서로 곁에 두려고 벌인 싸움은 인간이 사는 땅 전체에 파괴적이고 치명적인 결과를 가져온다. 이 현상은 소유욕이 파급한 엄청난 파괴력을 가시화한다. 또한 인간세계에 이런 재앙을 일으킬 수 있는 주체가 도토리 껍질 속에 몸을 숨길 수 있을 만큼 아주 작은 존재들이라는 사실 자체가 유머러스하다. 오베론은 그의 심복인 요정 퍽을 시켜 잠든 티타니아의 눈에 마력을 지닌 꽃즙을 바른다. 그녀가 잠에서 깨어나자마자 당나귀 모습을 한 바텀에게 한눈에 반해 푹 빠져있는 동안 그는 인디언 소년을 수중에 넣는다.

아마존의 여왕 히폴리타를 힘으로 정복해서 신부로 삼은 티시우스 공작처럼, 오베론 또한 가부장적 권위의 폭력성을 부각해준다. 한편 그는 인간 연인들의 관계를 교통정리 해주기 위해 퍽을 시켜 디미트리어스의 눈에 이 마법의 꽃즙을 바르게 한다. 그러나 이 과정에서 퍽은 인간을 잘못 알아본다. 허미아가 아버지와의 단절도 불사할 정도로 사랑했던 라이젠더도, 목숨 걸고 거부했던 디미트리어스도, 퍽의 눈에는 '아테네의 남자 복장을 한 인간'일 뿐 구별이 안 간다.

이 구별의 무산은 셰익스피어의 '마지막 극들'(last plays) 중 하나인 로망스 희극 『씸벨린』(*Cymbeline*)에서 더 노골적으로 가시화된다. 이 극에서 여주인공 이머진(Imogin)은 몸서리치도록 혐오하던 클로튼(Cloten)을 사랑하는 남편 포스튜머스(Posthumus)로 혼동한다. 이 혼동은 단지 목이 잘린 채 죽어있는 클로튼이 남편의 옷을 입고 있다는 사실에서 기인하고 있다. 우리는 여기서 셰익스피어가 제기하는 물음 앞에 세워진다. 요정 퍽도 인간이 걸치고 있는 옷 외에는 구별이 안 될 텐데, 과연 인간은 연인이든 남편이든 옷 아래 놓인 인간의 본 모습을 얼마나 파악할 수 있을 것인가?

퍽이 실수로 디미트리어스가 아닌 라이젠더의 눈에 꽃즙을 발라주자, 라이젠더는 잠들기 전 영원한 사랑의 맹세를 바쳤던 여인 허미아를 저버리고 엉뚱하게 헬레나와 사랑에 빠져 찬사를 퍼붓는다. 헬레나는 그가 허미아와 공모하여 자신을 놀리는 것으로 착각해 더욱 깊은 절망에 빠져 탄식하고, 이들 네 연인의 관계가 엉망진창이 되어, 옥신각신하는 모습을 퍽은 관객이 되어 한껏 즐긴다. 오베론 역시 자신이 건 마법으로 티타니아가 바텀과 사랑에 빠져 행복해하는 모습을 즐겁게 구경하는 관객이 되고 있다. 결국 오베론은 티타니아의 눈에 걸린 마법을 풀어 화해를 도모하고, 동시에 퍽의 실수로 엉킨 인간관계를 회복시켜 조화로운 질서를 성취하도록 인도함으로써 이 희극을 새로운 차원으로 올려놓는다. 극의 마지막에서 오베론은 퍽을 대동하고 새로 태어난 세 쌍의 신혼부부를 찾아가 그들의 미래와 새로 태어날 아이들을 축복한다. 이러한 결말을 통해 이 극은 궁극적으로 질서의 큰 틀을 존속시키고 있다. 이 결말은 또한 낭만 희극으로서 이 극이 보여주는 '희극적 해결'(comic resolution)이다.

이 극에 등장하는 네 명의 젊은 연인들은 성격도 구분이 안갈 정도로, 기본적으로 유사한 양상을 띤다. 이런 구별의 무산을 통해 셰익스피어는 연인들의 상호 교환성을 생생하게 극화함으로써, 인간들의 절대적인 맹세와 주장을 무효화시키고, 사랑의 불합리성, 가변성, 돌발성(suddenness)을 부각한다. 또한 이 극에는 시작부

터 끝까지 무대 위에 펼쳐지는 우스운 쇼를 줄기차게 지켜보는 존재가 있다. 달이다. 달이야말로 시종일관 무대 위에 등장하는 극 중 관객인 동시에 이 극의 진정한 주인공이기도 하다. 초승달로부터 그믐달에 이르고, 또 캄캄한 어둠 속에 자취를 감추기까지 달은 끊임없이 변화하는 자신의 모습을 통해 사랑의 가변성을 가시화해주기 때문이다.

## 3. 나오며

4막 1장에서 아테네의 통치자 티시우스는 산 정상에 올라가 사냥개들이 짖어대는 소리가 서로 어우러져 조성된 음악적인 혼돈의 메아리를 경청하라고 제안한다. 이때 히폴리타는 아마존 여왕 시절의 체험을 회상한다.

**티시우스** 아름다운 왕비여, 우리 산꼭대기로 올라가
개들의 음악적인 혼돈이 어우러져
메아리치는 소리를 경청합시다.
**히폴리타** 제가 크레타섬의 숲에서 스팔타의 개들과
곰사냥을 나갔을 때, 그때 들었던 것과 같은
그렇게 쾌활한 꾸짖음을 들어본 적이 없어요;
그것은 숲, 하늘, 시내들, 가까운 모든 지역이 온통
화답하는 하나의 외침. 그렇게 음악적인 불협화음을,
그렇게 감미로운 천둥소리를 들어본 적이 없어요. (4.1.106-15)

히폴리타는 존재들의 불규칙하고 혼란스러운 소리들이 어우러져 조성된 음악을 일찍이 아마존에서 체험했다. 이 음악으로의 초대는 영국 르네상스 시대의 다양한

계층의 관객을 향한 셰익스피어의 초대이기도 하다. "이 세계에 만연한 불협화음들로부터 어떻게 조화로운 화음을 성취할 것인가?"(How can we find a concord of this discord?)(5.1.62) 티시우스가 이 극의 마지막 서두에서 극중극이 시작하기 직전 극 중 관객에게 던지는 이 질문은 시대를 망라한 모든 인간에게 던지는 셰익스피어의 질문이기도 하다. 인간 삶의 온갖 불화들로부터 화합의 감미로운 음악을 창조하는 것이야말로 이 세계를 살아가는 인간 모두에게 이 극이 부과하는 궁극적인 과제인 것이다.

5막의 극중극은 셰익스피어의 극장 이해를 가장 예리하게 형상화한다. 셰익스피어가 37편의 극에 걸쳐 거듭거듭 보여주었던 근본적이며 극적인 문제들에 대한 그의 탐색이 이 장면에 압축되고 있음을 발견한다. 장인들이 올리는 연극『피라무스와 씨스비』를 지켜보는 무대 위의 관객들은 그들 자신이 저 우스운 배우들보다 더 나을 것이 없음을 못 본 채, 배우들을 야유한다. 요정들이 무대 옆에서 묘한 웃음을 띤 채 철없는 관객의 모습을 지켜보고 있는 광경을 관객인 우리는 지켜본다. 이러한 동심원적인 구조의 대중극장 전체를 지켜보며 관객인 우리의 반응을 응시하는 또 다른 관객이 있다. 극작가 셰익스피어이다.

객석에서 이것을 지켜보며 우리는 다음과 같은 깨달음으로 인도된다. 극장에 들어온 우리 관객은 극작가와 배우와 함께 극의 창조과정에 동참하는 공동참가자이다. 한 편의 연극을 성공적으로 이끌어 갈 수 있는 것은, 배우가 아니라 상상력으로 보충할 수 있는 관객이 되는 것임을 우리는 깨닫는다. 각양각색의 개들이 제각기 짖어대는 소음이 높은 산에서 경청하면 하나의 어우러진 음악으로 다가오듯, 아무리 부족하고 못난 연극이라도 상상력으로 보충할 수 있다면 충분히 즐길만한 것이 될 수 있다는 공작 티시우스의 말에 우리는 동의하며 고백하게 된다. 또한 결국 아무리 훌륭한 연극일지라도 그림자에 불과한 것일진대, 연극과 비슷한 소재인 꿈과 같은 재료로 엮어진 우리의 인생 또한 이와 같은 것이 아니겠는가?

3장

# 귀를 통해 새롭게 읽는 『로미오와 줄리엣』

## 1. 들어가며

비록 비극이지만 너무나 사랑스러운 『로미오와 줄리엣』의 마지막 장면에서 우린 관 속에 나란히 누워 있는 두 연인의 시신을 마주한다. 그런데 그들이 마치 잠든 것처럼 여겨지는 건 왜일까? 완전히 죽은 것처럼 보였지만 42시간 만에 깨어난 줄리엣을 통해 한번 겪어본 실험 때문일까?

전통적으로 비극은 극도의 남성성을 지닌 영웅의 몰락이나, 운명의 수레바퀴 꼭대기까지 올라갔다 굴러 떨어져 파국을 맞는 막강한 통치자에게 초점이 맞춰져 왔다. 그런데 특이하게도 셰익스피어는 이 극의 주인공을 사춘기의 젊은 연인으로 설정하고 있다. 연극 무대에서 한 쌍의 사춘기 청년들을 비극적 영웅으로 만들어낸 이 작품을 통해 셰익스피어는 대단히 새로운 혁신을 일으키고 있다. 피 끓는 이들은 보자마자 사랑에 빠지고, 아마도 10분이 안 되어 두 차례의 뜨거운 키스를 나누고, 아마도 한 시간 만에 결혼을 결심한 뒤, 바로 이튿날 결혼한다. 짧고 소중한 사랑의 밤을 딱 한 번 보낸 후, 이들은 양가의 치명적인 반목 때문에 부득이 떨어진 채, 이 반목에서 비롯된 사건의 소용돌이에 빠져 잇달아 자결하기에 이른다.

이 극에 등장하는 어른들은 현명한 길잡이가 되어주기는커녕, 그들의 후손을 무모한 증오와 폭력의 무참한 희생자가 되도록 이끈다. 이 작품은 어른들이 물려준 분열된 세상에서 젊은이들이 느끼는 사랑과 분노와 활력, 변덕까지 고스란히 담아낸다. 셰익스피어가 갓 서른에 쓴 이 작품만큼 젊은이 특유의 거칠고 무모한 에너지를 잘 전달해주는 작품이 어디 있으랴?

두 연인의 사랑이 전적으로 상대방의 외모에 이끌려 일어난 화학 반응임을 노골적으로 보여주는 셰익스피어의 정직성은 무한히 사랑스럽다. 셰익스피어는 당대의 사회적 코드를 거스른다. 당대에는 어른에게 순종하는 것이 젊은이의 의무였고, 결혼은 사랑의 문제가 아니라, 부와 지위를 공고히 영속화하는 문제였다.

『로미오와 줄리엣』에 줄거리를 제공한 『로메우스와 줄리엣의 비극적 역사』(*The Tragical History of Romeus and Juliet*)를 집필한 아서 브룩(Arthur Brooke)은 부모의 권위와 조언을 무시하고, 소문과 미신, 에로틱한 욕망에 복종한 젊은 연인들이 결국 고통스러운 결말에 이른 것이 이 이야기의 교훈임을 부각하고 강조한다. 이와 대조적으로 셰익스피어는 젊은이들의 에너지를 찬양하며 어떤 교훈도 내놓지 않는다. '자식이 부모에게 "순종하지 않고 반항한 죄"라고 줄리엣이 부른 것'을 비난하지 않는 점에서 역시 셰익스피어답다.

그 대신 이 작품은 불운한 연인에게 생기를 불어넣는 핏속의 혈기가 바로 젊은 남성들이 길거리에서 싸움질을 하고, 친구에 대한 충성심에서 사람을 죽이게 만드는 그 열정과 같은 것이라는 비극

적인 역설을 보여준다. 로미오를 줄리엣의 침대로 몰아가는 바로 그 열정적이고 젊음 가득한 에너지는 그를 다혈질의 티볼트와 싸우도록 이끈다. 죽음은 남성 집단들 간의 경쟁과 줄리엣과 로미오 간의 성적 매력, 양쪽 모두의 결과이기도 하다.

이 극을 통해 우리는 새로운 생명을 창조하는 욕구와 생명을 소멸시키는 대립 사이의 연관성에 대한 셰익스피어의 관심을 공유하도록 인도된다. 생이 보여주는 모순과 역설에 대해 가감 없이 있는 그대로 비춰주는 진솔한 거울로서 셰익스피어의 연극은 이번에도 결코 실망시키지 않는다.

이 극에서 두 연인이 처음 중요한 대사를 말할 때 그 둘은 거리상 한참 떨어져 있다. 줄리엣은 2층 자기 방 창에서 내려다보고, 로미오는 땅바닥에 숨죽여 엎드려있다. 흔히 발코니 장면이라 부르는 이 장면에서 두 연인은 이 극의 핵심 주제를 관통하는 대사를 거의 다 말한다.

그런데 작가는 왜 그들을 이다지 멀리 떼어놓았을까? 만약 이 연인을 가까이 붙여 놓았다면, 우리는 그 중요한 대사를 들을 기회를 어쩌면 영영 놓쳐버렸을 수도 있으리라. 왜? 한 비평가는 이렇게 본다. "저 피 뜨거운 남녀를 나란히 붙여 놓는다면, 서로 껴안고 입 맞추기도 바빠서 결코 아무 대사도 하지 않았을 테니까."

이 얼마나 사랑스러운 해석인가? 이 관점은 우리의 생에 대한 가장 진실 되고도 현실적인 비전을 보여준다. 이 장면에서 줄리엣은 가슴 아프도록 짧은 우리 인생의 유한성과 일회성에 대해 이미 간파하고 있다. 그녀는 로미오보다도, 이 극의 어느 인물보다도, 사랑과 생에 대해 많이 알고 있다. 우리의 인생에서 사랑하는 사람과 행복하게 함께 할 시간은 어쩌면 너무도 기막히게 짧은 찰나일지도 모른다. 그것은 마치 번개가 순식간에 번쩍하며 어두운 세상을 환히 비출 때, "어머 저것 좀 봐!" 하는 외침이 채 끝나기도 전에 세상이 다시 칠흑 같은 어둠에 삼켜지는 그 번쩍하는 순간만큼 짧은 것인지도 모른다(2.1.169-71). "너무 급작스럽게" 왔다가 "너무도 번개같이" 순식간에 그 밝음이 영원히 자취를 감추고 사라져버리는 것이라는 이 비전이 정녕 진실된 것이라면, 그 순간이란, 내 곁의 사랑하는 사람을 힘껏 껴안아 주기에도 짧지 않겠는가?

## 2. 연인들의 만남과 기억할 만한 대사들 살펴보기

### 1) 첫 만남: 사랑의 시작

로미오 . . . 지금까지 내 심장이 사랑을 했었던가? 눈이여, 부인하여라!
오늘 밤에서야 진정한 아름다움을 내가 보게 되었으니. (1.5.51-52)

극의 시작 부분에서 로미오는 줄리엣의 사촌 로잘린과 사랑에 빠져 있지만, 오히려 그는 사랑에 빠져 있다는 그 생각과 사랑에 빠져 있다. 우리는 결코 그녀를 보지 못한다. 그녀는 오로지 로미오의 이상화된 사랑의 대상으로만 존재하며, 하나의 문학 유형, 즉 페트라르카로 거슬러 올라가는, 소네트 전통에 나오는, 아름답지만 손에 닿지 않는 연인에 불과하다. 그의 마음속 불꽃은 여인의 얼음 같은 처녀성에 의존하는데, 이것은 진정한 사랑이 아니다.

로미오는 줄리엣을 연회에서 처음 만났을 때 로잘린에게 하던 진부한 모순어법 대신에, 풍요로운 질감을 지닌 이미저리를 사용한다. 우리는 이 연인의 언어를 통해 첫눈에 반한 상태에서 출발해 서로가 영혼의 동반자임을 발견하는 확신으로 사랑이 자라는 과정과 나란히 성장해 가는 시인의 언어를 듣게 된다.

로미오 (*줄리엣의 손을 붙들고*) 천한 저의 손으로, 그 거룩한 성소를,

욕되게 하고 있는 것이라면, 이 부드러운 죄의 보상으로,
얼굴을 붉히는 두 순례자처럼 대기하여, 부드러운 키스로,
거칠게 만진 것을, 완화하고자, 준비되어 있나이다.

**줄리엣** 착한 순례자님, 댁의 손에게 너무 가혹하게 대하시는 군요.
적절하게 헌신하고 계시는데 말이에요. . . .

**로미오** 성자들은 입술이 없나요? . . .

**줄리엣** 기도할 때 사용하는 입술이 있지요.

**로미오** 오 그렇다면 성자님, 손이 하는 것을 입술이 하게 해주시지요.
손이 기도하게 허락해 주세요. . . .

**줄리엣** 성자는 움직이지 않는 법이지요. 기도를 허락한다 해도.

**로미오** 그러면 움직이지 마세요. 제 기도의 효과는 제가 거둘 테니.
이렇게 제 입술에서부터 당신의 입술로, 제 죄가 씻기어졌나이다.
(*키스한다.*)

**줄리엣** 그러면 제 입술이 그 죄를 짊어지게요.

**로미오** 제 입술에서 죄를. 아 달콤하게도 꾸짖으시네요.
제 죄를 다시 돌려주오. (*또다시 키스한다.*)

**줄리엣** 키스에도 이유를 붙이시네요. (1.5.92-109)

셰익스피어는 사랑에 빠지는 것과 성관계를 갖는 것의 역설에 대해 솔직하다. 동일한 경험이 강렬하게 정신적인 것이면서 동시에 수치심조차 없을 정도로 타락하고 더러운 것이 되기도 한다. 위의 장면에서 연인과의 신체접촉을 갈망하는 성적인 사랑은 유사 종교적인 현상으로 다루어지고 있다. 작품의 언어는 종종 불경스럽지만 그만큼 자주 성스럽다.

**로미오** 캐퓰릿 가의 딸이라니? 내 목숨이 내 원수의 저당물이 됐구나!

**줄리엣** 그 분이 누구신지 좀 물어봐줘-그 분이 결혼하셨다면
무덤이 나의 신방이 될 거야.

**유모** 몬태규 가의 로미오, 저 대원수의 외아들이라는데요

**줄리엣** 나의 유일한 사랑이, 나의 유일한 증오에서 싹트다니!
모르고 너무 일찍 봐 버렸고, 알고 보니 너무 늦었구나.
원수를 사랑해야 하다니! 앞날이 염려되는 사랑의 탄생이구나.
(1.5.117-18; 133-140)

## 2) 두 번째 만남: 무도회가 끝난 밤

2막 1장

**로미오** 내 심장이 여기 있거늘 내가 어떻게 이대로 지나칠 수가 있을런가?
돌아서라, 흙덩이같이 둔탁한 몸이여, 그리고 네 생명의 중심을 찾아라. (1-2)

로미오와 줄리엣의 사랑은 첫눈에 반한 상태에서부터 서로가 영혼의 동반자임을 발견하는 확신으로 자라난다. 어둠을 타고 대-원수집 높은 돌담을 단숨에 뛰어넘은 로미오가 바닥에 웅크리고 있는데, 위쪽에서 줄리엣의 얼굴이 나타나고, 그녀의 방에서 나오는 빛이 땅바닥의 캄캄한 어둠을 밝혀준다. 이 순간 로미오는 줄리엣을 태양이라고 부른다.

**로미오** 쉿! 저쪽 창문으로부터 나오는 빛은 무엇일까?
저긴 동쪽이고, 줄리엣은 태양이로구나.
떠올라라, 아름다운 태양이여. . . .
하늘에서 그녀의 두 눈은
창공을 가로지르며 너무도 밝게 흘러가
새들도 노래 부르고 밤이 아니라고 생각하겠지.
저것 봐— 그녀가 자기 뺨을 자기 손에다 올려놓고 있는 걸!
오 내가 저 손의 장갑이라면 좋으련만.
그래서 내가 그 뺨을 만져 볼 수 있다면! (2.2.2-4; 20-24)

로미오는 줄리엣을 태양이라고 묘사하며 천상의 이미저리를 계속 유지하지만, 그저 바라만 보는 것이 아니라 만져보기를 바라면서 육체적인 욕망으로 옮겨간다. 이 "태양"으로부터 로미오를 부르는 말들이 은총처럼 쏟아져 내릴 때, 그는 즉시 부름에 응답한다.

**줄리엣** 아, 로미오, 로미오님! 왜 이름이 로미오인가요?
아버지를 잊으시고 그 이름을 버리세요.
아니 그렇게 못하시겠다면 저를 사랑한다고
맹세만이라도 해주셔요.
그러면 저도 캐퓰릿의 성을 버리겠어요.
. . . 당신의 이름만이 내 원수예요.
몬태규네 가문 아니라도 당신은 당신.
아, 딴 이름이 되어 주셔요!
몬태규란 이름이 뭐람? 손도 발도 팔도 낯도 아니고
신체의 어떤 부분도 아니잖아.
이름에 뭐가 있어? 장미꽃은 다른 이름으로 불리어져도
똑같이 장미 향기가 날 것이 아니겠는가?
로미오 역시 로미오란 이름이 아니더라도
그 이름과는 관계없이 본래의 미덕은 그대로 남아있을진대
로미오님, 그 이름을 버리고
당신의 신체와는 아무 상관도 없는 그 이름 대신에
저를 고스란히 가지셔요.

**로미오** 그대 말대로 그대를 가지리다.
날 그냥 사랑이라고 부르시오.
그러면 새로이 세례 받을 테니.
난 결코 로미오가 아닐 것이오. (2.2.33-52)

비로소 상대방 속에서 자신의 심장을, 몸과 영혼의 중심을 찾게 된 두 연인은 자신을 고스란히 내어주기 위해 자신의 이름을 선선히 버린다. 이름을 버리는 것은 이제까지 사회 속에서 자신을 지탱해준, 자신을 둘러싼 모든 안전장치를 포함한, 옛 자아의 포기이다. 새로 세례를 받는 것은 새로 태어남을 의미한다. 이제 그들은 사랑 속에서 다시 태어난다. 사랑의 날개가 인도하는 높은 돌벽도 이제 결코 문제가 되지 않는다.

**줄리엣** 어떻게 이리로 오셨나요? 담벼락은 높고 넘어오기가 어려운데..

**로미오** 사랑의 가벼운 날개로 이 담벼락을 뛰어넘었지요.
돌로 된 경계가 사랑을 내쫓을 수는 없으니까요.
(". . . stony limits cannot hold love out.") (2.2.62–63; 66–67)

이름의 포기와 함께 담이 무너진 이 연인에게 원수 가문의 사람들은 자신의 친족으로 다가온다. 떠나가기 전 로미오가 줄리엣에게 서로의 사랑에 대한 맹세를 교환하자고 제안하자, 줄리엣의 대답은 그가 생각지 못했던 신비로운 사랑의 경제학을 제시한다.

**줄리엣** 당신이 청하시기도 전에 이미 당신에게 드린걸요. (2.2.128)
당신께 드리면 드릴수록 저는 더 많아지지요.
저의 마음은 바다와 같이 한이 없고,
저의 사랑도 바다와 같지요.
두 가지가 다 끝이 없으니까요. (2.2.133–35)

과연 사랑에 있어 맹세는 얼마나 유용한 것인가? 줄리엣의 존재의 근거는 사랑이고, 그 사랑은 바다와 같다. 주면 줄수록 내가 더 가지게 되는 바다와 같은 사랑의 무한성! 바다는 정지를 모른다. 이 세상의 모든 시내와 지류를 받아들이는 바다는 모든 것을 포용하며 무한히 움직이고 출렁이며 새롭게 하고, 새로운 생명을 잉태하고 키워낸다. 줄리엣은 하나의 바다이기도 하다.

2막 3장은 약초를 채취하기 위해 바구니를 들고 등장한 로렌스 신부의 독백으로 시작된다.

**로렌스** 자연의 어머니인 대지는 자연의 무덤이기도 하고,
자연의 무덤인 대지는 또한 자연을 잉태하는 자궁이기도 하지.
이 자궁으로부터 다양한 자식들이 태어나고
이 자식들이 다정한 자연의 가슴에서 젖을 빠는 것을
발견하게 되지. 훌륭한 여러 가지 약효를 지닌 것이 적지 않을뿐더러
어떤 것 하나도 무슨 약효를 안 지닌 것이 없고 그 약효는 가지각색.
아, 모든 초목과 돌에는 그 본질 속에 신기한 약효가 들어 있어서
세상에서 아무리 흉한 것일지라도 무엇인가 특수한 약효를
세상에 주지 않는 것이 없고,
또한 아무리 좋은 것도 합당하게 사용하는 용도를 그르치면
본성에 위배되어 악용의 해를 면치 못하는 법.
덕도 잘못 사용되면 악으로 변하며
악도 활용에 따라서 이득이 될 수 있지.
연약한 이 꽃봉오리 속엔 독도 들어 있거니와,
약효도 들어 있지. . . .
그와 같은 반대되는 두 왕이 여전히 진을 치고 있지
약초만이 아니라 사람 속에도 말이야. (2.3.9-24; 27-8)

로렌스 신부는 이 작품의 등장인물 중 "가장 친절하고, 가장 지혜로운 사람으로, 젊은이들과 유머러스한 관계를 사랑스럽게 가지는 자"다. 그만큼 "인간 각기의 차별성을 이해하는 인물"은 셰익스피어 극에서 찾아보기 드물다. 위의 독백은 식물에 대한 해박한 지식뿐 아니라, 인간과 세상에 대한 셰익스피어의 이중적인 비

전의 핵심을 전달하고 있어, 특별히 주목할 만하다. 이 독백은 모순어법이라는 수사학적 방법, 즉 반대되는 것이 함께 오는 역설을 중심으로 구축되어 있다. 자궁과 무덤, 낮과 밤, 독성과 약효가 함께 있는 꽃, 미덕과 악덕, 하느님의 은총과 자신의 욕망, 이처럼 반대되는 두 왕이 여전히 진을 치고 있다. 약초만이 아니라 사람 속에도 말이다. 『로미오와 줄리엣』도 작품 전체가 상반되는 것들로 가득하다. 빛과 어둠, 젊음과 늙음, 빨리 가는 시간과 느리게 가는 시간, 달과 별, 사랑과 증오 등.

줄리엣의 탄식 "내 유일한 사랑이 내 유일한 증오에서 싹트다니"(1.5.137)야말로 반대되는 것이 함께 오는 역설을 요약해준다. 이 극의 주제인 사랑은 애초부터 죽음과 껴 붙어 있다. 아무리 아름답게 사랑이 그려지고 있어도, 애초부터 그 사랑은 불행한 결말을 맞게 되어 있음을 우리는 암묵적으로 인정한다. 줄리엣은 시간이 빨리 지나가서 밤이 되길, 그들이 함께 있을 수 있는 "사랑이 이루어지는 밤"(3.2.5)이 되길 간절히 바란다. 그러나 밤은 사랑을 나누는 시간일 뿐 아니라 죽음의 상징이기도 하다. 그 암흑 속으로 서둘러 달려가는 행위는 그들을 비극적 최후로 몰아갈, 급속히 진행되는 사건들을 향해 돌진하는 행위이기도 하다.

> 로미오　　점점 더 밝아 올수록, 우리들의 괴로움은 점점 더 어두워지는구려! (3.5.36)

로미오의 이와 같은 탄식에서 도망자 로미오에게 가장 안전한 치외법권 지역은 무덤이라는, 비극적 역설을 우리는 깨닫게 된다.

### 3) 결혼, 추방, 죽음

2막 3장에서 로렌스 신부는 로미오와 줄리엣의 결혼이 "두 집안 간의 원한을 순수한 사랑으로" 전환시킬 수도 있으리라 판단하고, 그들의 비밀 결혼을 주선하기로 결심한다. 3막 1장은 앞선 몇 장면의 낭만적 성격과 대조되는 베로나의 길거

리로 옮겨간다. 밴볼리오의 예상처럼 무더운 날의 열기가 피를 미친 듯이 들끓게 해서 양가 사람들의 싸움을 피할 수 없도록 몰고 간다. 죽어가는 머큐시오는 "두 집안 다 뒈져버려"라는 저주를 반복하며 숨을 거둔다. 머큐시오의 죽음으로 티볼트가 얻은 "승리"에 분노가 치솟아 티볼트를 죽인 로미오에게 추방령이 내려진다.

3막 5장은 아침이 찾아오는 줄리엣의 침실로 우리를 인도한다. 브룩의 시에서 로미오는 줄리엣을 밤마다 찾아가지만 셰익스피어는 딱 하룻밤만 자는 것으로 설정함으로써 로맨스의 비극적 덧없음을 부각한다. 실로 하룻밤은 너무 짧다.

줄리엣의 침실: 종달새와 두견새(Lark and Nightingale)

**줄리엣** 벌써 가시려고요? 밝으려면 아직 멀었어요.
당신 귓속을 무겁게 뚫고 들려온 그 소리는 종달새가 아니라 두견새였어요.
저 두견새는 밤마다 저기 저 석류나무위에서 노래를 하지요, 이보세요, 정말 두견새였어요.

**로미오** 아침을 예고하는 종달새였소. 두견새가 아니었소.
저기 좀 봐요, 심술궂은 빛줄기가, 저기 동천에 흩어지는 구름을 누비고 있잖소.
밤의 촛불들인 별들도 다 타고, 쾌활한 아침 해가 안개 깊은 산마루에서 발돋움질하고 있어요. 난 살기 위해서 여기를 떠나던가, 아니면 그냥 머물러 있다가 죽어야만 한다오.

**줄리엣** 저기 저 빛은 햇빛이 아니에요. 제가 알아요.
태양이 내뿜는 어떤 유성이랍니다. . . .
그러니 아직은 머무세요. . . .

**로미오** 체포당하고 사형에 처하게 내버려두지요.
난 만족하니까. 당신이 그렇게 원한다면

난 저기 회색빛이 아침의 눈이 아니라고 말하리다. . . .
또 울려대는 저 새도 종달새가 아니라오. . . .
오너라, 죽음이여, 환영할 테니! . . .
어떻소, 내 영혼이여? 이야기나 나눕시다. 아침이 아니니.

**줄리엣** 아침이 맞아요. 맞아. 그러니 서두세요, 가세요, 어서요!
저건 종달새예요. . . .

**로미오** 점점 더 밝아 올수록, 우리들의 괴로움은 점점 더 어두워지는구려! (3.5.1-27; 36)

이어지는 다음의 대사가 보여주는 전조는 현실이 되고, 이들의 인사는 마지막 작별이 된다.

**줄리엣** 아 왜 이리 설렐까? 그렇게 저 아래 계신 당신이 무덤 속 시체같이
보이네요. 제 시력이 약해서 그런지 당신 안색이 창백해서 그런지,

**로미오** 내 눈에도 당신이 그렇게 보이네요. 목마른 슬픔이 우리의 피를 빨아 마시고 있는 거지요. 그럼 안녕히! (로미오 퇴장) (3.5.54-57)

이 극을 통해 셰익스피어는 이제껏 영시에서 전혀 볼 수 없었던 신선미와 직접성을 갖춘 새로운 사랑 표현법을 찾아낸다. 이런 표현들은 비유적 묘사가 풍부하나 개인적인데, 열성적인 저 어린 커플은 다채로운 시적 암시로 거기에 새로운 의미를 부여한다. 이 작품에서 셰익스피어는 분열을 초래하는 과거 관습에서 벗어나 새롭고, 정직하며 심오한 표현 방법으로 나아간다. 로미오와 줄리엣의 대사는 생생한 느낌으로 가득하다. 청춘의 사랑이 여태껏 그렇게 섬세하고 아름답게 표현된 적은 별로 없다.

파리스와의 결혼을 거절하는 줄리엣에게 캐퓰릿은 결혼문제에서 딸을 처분할 수 있는 아버지의 "권리"를 주장하며 무섭게 협박한다.

**캐퓰릿** . . . 다음 목요일 . . . 파리스와 함께 성 베드로 성당으로 가거라.
아니면 처형할 때 쓰는 들것에라도 실어 그곳으로 끌고 갈 테니.
꺼져, . . . 네가 내 딸년이라면 내 친구에게 널 줄 것이고,
네가 그렇지 않다면, 목을 매달건, 구경하건, 굶주리건, 길거리에서 죽건
내 영혼에 걸고 맹세코 절대 널 인정하지 않을 테니까. (3.5.153-57; 191-93)

줄리엣은 고개를 들어 하늘을 향해 묻는다.

**줄리엣** 내 슬픔의 밑바닥을 들여다봐 주시는 자비의 신이 저 구름 속에도 안 계시나요? (3.5.196-97)

어머니에게 호소해보지만 "너랑은 이야기가 끝났다."(203)며 떠난다. 마지막으로 애원한 유모 역시 대뜸 파리스와 결혼하라고 조언한다. 그동안 메신저요 카운슬러로서 로미오와의 만남과 비밀 결혼식의 추진을 도왔던 유대를 단숨에 깨뜨린 유모를 "상담자여, 안녕(212)"이라는 인사와 함께 마음으로 떠나보낼 때 그녀의 철저한 고독이 우리의 폐부를 찌른다.

4막 3장은 일련의 질문으로 이어지는 줄리엣의 독백으로 시작된다. 저 약이 효과가 없으면 어떻게 할 것인가? 이 은밀한 계획은 혹시 로렌스 신부가 비밀 결혼에 본인이 개입한 사실이 밝혀지는 것을 아예 차단하기 위해 "교묘하게" 자신을 죽이려는 것은 아닐까? 줄리엣은 로미오가 도착하기 전 미리 깨어났을 경우, "수의를 입고 썩어가며 누워 있는 티볼트를 포함해 이전에 죽은 무수한 조상의 유령이 귀를 찌를 듯이 질러대는 온갖 비명으로 자신을 미치게 해서 무덤 안의 조상 뼈를 가지고 놀며 어떤 끔찍한 짓을 벌이게 되지 않을까?"하는 상상을 한다. 목숨을 건 가장 무섭고 엄청난 결단을 홀로 감행해야 하는 줄리엣의 불안과 공포를 생생히 공감하며 우리가 그녀에게 무한한 연민을 느낄 때, 그녀는 약을 들이켠다—오직 로미오를 위해서.

4막 4장은 오늘의 신부인 줄리엣이 시신으로 발견되고 결혼식 준비가 장례식 준비가 되고 있음을 보여준다.

5막 1장에서 로미오는 줄리엣이 죽었다는 소식을 접하고 독약을 구해 그녀가 안치된 베로나로 떠난다.

5막 2장에서 로렌스 신부는 로미오에게 편지를 전달하지 못했다는 사실을 알게 되고 서둘러 줄리엣이 안장된 무덤으로 향한다. 묘에 도착한 신부는 무덤 안에서 로미오와 파리스의 시신을 발견한다. 그때 줄리엣이 깨어나 로미오를 찾는다. 신부는 로미오의 죽음을 알리고, 보초가 오고 있으니 그 죽음의 둥지에서 빨리 나오라고 재촉한다. 신부가 떠난 후 줄리엣은 텅 빈 독약 병을 발견하고 한 방울도 안 남겨둔 로미오를 책망한다. 로미오에게 키스한 후 보초가 오는 소리를 듣자 그녀는 칼로 자신을 찌른다. 로렌스 신부는 자신을 질책하며 영주와 가족들에게 사건의 전모를 말한다. 영주는 베로나의 유서 깊은 두 가문의 불화를 해결하기 위한 노력에 무심했음을 고백하며 "모두가 벌을 받았다"고 말한다. 이제 캐퓰릿과 몬태규는 화해한다. 그러나 그것은 너무도 비싼 대가를 치른 뒤다. 로미오와 줄리엣의 낭만적 이상은 연장자들 간의 거센 반목의 힘을 당해내지 못했다. 그들의 사랑은 어둠에게 승리를 내어준다. 그러나 이들의 죽음은 반목을 종결시키는 기폭제가 되고 있다.

## 3. 나오며

『로미오와 줄리엣』의 끝에는 "이 세상의 약속을 새롭게 하면서 사랑하고, 아이들을 잉태하도록 만들어진 사랑스런 피조물들"이 남겨지지 않는다. 줄리엣도 로미오도 죽는다. 그러나 그들은 죽음을 통해 부모를 다시 태어나게 한다. 죄 없이 죽어간 순수하고 아름다운 두 젊은 영혼에서 우리는 인간의 죄를 대속하기 위해 십자가를 짊어졌던 "고난 받는 종" "어린 양, 예수"의 모습을 본다. 이제껏 돌덩이 같은 심장을 가졌던 캐퓰릿은 어제의 원수 몬태규에게 손을 내민다.

캐퓰릿 내 딸이 이렇게 연결시켜주는구려. 나는 더 이상 바랄 게 없소. 몬태규 형제여, 손 좀 줘보시게 (5.3.296-98)

아버지들은 이제 서로의 자식을 칭찬한다. 로미오와 줄리엣의 결혼은 유효하다. 현재 실시간 속에서도 여전히 유효하다. 이제는— 전적으로 중요한— 아버지들의 축복까지 얹혀서. 더군다나 아버지들은 각기 순금으로 상대방 자식의 동상을 세울 계획이다. 여기까지 오기엔 실로 많은 것을 잃었다. 영주는 시체를 내려다보며 말한다.

영주 음울한 평화를 오늘 아침이 가져오는구려. 태양은 슬퍼 얼굴을 보이지 않으려 하오. (5.3.305-6)

뒤에 남겨진 사람들은 마음속 깊은 부끄러움에 고개를 떨군다.

우리는 코로나19라는 전염병의 폭풍을 1년 남짓 겪고 있으나 역병은 당대의 런던에서 생활의 일부였다. 역병은 많은 목숨을 거두어 갔지만 캐퓰릿과 몬태규 양쪽 집안은 모두 역병을 피해 갔다. 그러나 자녀들이 먼저 죽어갔다. 이 극의 무대에서 죽은 인물들을 순서대로 열거하자면 머큐시오, 티볼트, 파리스, 로미오, 줄리엣이다. 모두 꽃다운 젊은이들이다. 이 비극적 아이러니를 초래한 것은 무엇인가? 로미오와 줄리엣은 운명의 희생자인가? 이 무대를 통해 우리는 목격한다— 이들의 죽음을 초래한 것은 밖으로부터 우리에게 덮쳐온 재앙도, 역병도, 별자리의 어긋남도, 운명의 신도 아니다. 인간 내부에 도사린 걷잡을 수 없는 증오와 적대와 공포와 어리석음에서 비롯된 것이다.

줄리엣을 죽음으로 몰고 간 것은 긴 잠에서 막 깨어난 줄리엣을 납골 묘에 홀로 둔 채 도망치도록 로렌스 신부를 사로잡았던 "다가오는 보초의 발걸음 소리"

가 촉발한 공포였다. 로미오가 로렌스 신부의 편지를 못 받고 죽음에 이르게 된 것은 메신저였던 멀쩡한 존 신부를 전염병 격리 대상으로 잘못 분류한 채 그의 간절한 호소에 귀를 막은 관료들의 고질적인 무심과 무감각이었다. 그래서 뒤에 남겨진 모두가 부끄러운 것이다.

캐퓰릿 가와 몬태규 가는 오랜 세월 동안 베로나를 대표하는 명문가로 자리잡았지만, 그 세월만큼 원수가 되어서 싸웠다. 베로나 전체의 평화를 뒤흔들며 주인이고 하인이고 만났다하면 칼을 빼게 만드는 "저쪽 집의 개새끼만 봐도 피가 거꾸로 솟구치는" 이 적대감의 근원이 무엇인가? 정작 기억나는 사람은 아무도 없다. 기억조차 나지 않는 이유로 원수가 되어 자식들의 죽음을 볼 때까지 싸웠다. 이제 정신이 번쩍 들어 화해하게 된 두 가장은 자식의 주검을 내려다보며 한없이 부끄럽다. 자식들을 영원히 돌이킬 수 없는 죽음으로 몰고 간 것은 제 자식이지만 "너무 늦게 알아보게 된" 무지 때문이기에 반목과 증오의 허무성에 대해 너무 늦게 깨닫게 된 어리석음이기에 부끄러운 것이다. 이제 꽃다운 나이로 죽어간 아름다운 한 쌍을 기리기 위해 며느리와 사위의 동상을 세우려 한다.

여기서 우리는 "제 자식조차도 '죽은 다음에야' 제대로 알아보는" 이 어리석은 아버지들 속에서 나 자신의 모습을 보며 한없이 부끄럽고, 진한 슬픔이 목줄기를 타고 오름을 느낀다. 나의 무지로 죽게 한 아들, 딸들. 로미오와 줄리엣의 황금 동상을 아무리 공들여서 여러 개 세운다 할지라도 결코 숨을 불어 넣을 수 없음을 알기에. "한 마리의 개도, 말도, 쥐새끼도 숨을 쉬건만. . ."(*King Lear* 5.3.280)

## 참여예술인 프로필

**연출 | 박정의**

극단 초인 대표, 연출가
동국대학교 영어영문학과 졸업
2019 아시안아츠어워즈, 베스트디렉터 · 베스트프로덕션 수상
2018 한국연출가협회, 올해의 연출가상 수상
2012 거창 국제공연예술제, 대상 · 연출상 수상
밀양 공연예술축제 예술감독 역임
현재 한국연극협회 서울지회 성북지부장
연극 ≪스프레이≫, ≪특급호텔≫, ≪원맨쇼 맥베스≫, ≪기차≫, ≪눈뜬 자들의 도시≫, ≪선녀와 나무꾼≫, ≪유리동물원≫, ≪벚꽃동산≫ 외
뮤지컬 ≪봄날≫ 외

**배우 | 이상희**

2019 THE STAGE Winner Edinburgh Award(에딘버러 페스티벌 The Stage 선정 최고의 배우상)
2012 김천 국제가족연극제, 최우수연기상
연극 ≪스프레이≫, ≪특급호텔≫, ≪원맨쇼 맥베스≫, ≪기차≫, ≪눈 뜬 자들의 도시≫, ≪선녀와 나무꾼≫ 외
영화 ≪련희와 연희≫, ≪늦게 온 보살≫ 외

**배우 | 이동인**

연극 ≪스프레이≫, ≪기차≫, ≪위대한 놀이≫, ≪여왕과 나이팅게일≫, ≪오아시스 세탁소 습격사건≫, ≪광대와 소녀≫ 외

**배우 | 김영건**

연극 ≪기차≫, ≪한국의 꿈≫, ≪궁극의 절정 맥베스≫, ≪스프레이≫ 외
뮤지컬 ≪화순 1946≫

배우 | **김서연**
연극 ≪창고에서≫, ≪터미널≫, ≪문≫, ≪기차≫, ≪광대와 소녀≫, ≪스프레이≫ 외

배우 | **장희정**
연극 ≪엑소시스트≫, ≪광대와 소녀≫, ≪기차≫
영화 ≪그냥≫, ≪햄릿≫
뮤지컬 ≪백범 김구≫

배우 | **한다희**
연극 ≪엑소시스트≫, ≪광대와 소녀≫, ≪기차≫, ≪스프레이≫ 외

배우 | **엄민욱**
극단 초인 단원

배우영상편집 | **정광덕**
극단 초인 단원

**영상편집 | 이건희**

기타리스트 겸 작곡가

제9회 나스락 페스티벌 은상 수상

현재, ㈜ 야기스튜디오 작곡가 및 음향 엔지니어로 재직, ㈜ 에이톤 뮤직 전속 작곡가로 활동 중

**김한**
이화여대 영문과와 동 대학원 영문과 졸업
International Peace Scholarship(P.E.O) Student
한국 대표로 미국 University of La Verne 대학원 영문과 졸업
가톨릭 대학교 전임강사, 이화여자대학교 강사 역임
영국 Cambridge University 영문과 초빙교수 역임
영국 London University, King's College 영문과 객원교수(Visiting Professor) 역임
영국 Shakespeare Institute(Birmingham University) 방문교수 역임
동국대 문과대 영문과 교수 역임(33년 6개월)
현재 한국셰익스피어학회 교육위원 및 연구이사
Folger Shakespeare Library(미국 Washington D.C. 소재) 연구교수(Reader)
동국대 문과대 영문과 명예교수

**논문** 「호메로스 신들, 제우스, 모이라이(운명)와 성서의 하나님(Homeric gods, Zeus & Moirae (Fate) vs. God)」, 「셰익스피어극에 있어서의 청각기능」, "Neiether Villain nor Hero: Macbeth as Everyman", 「Shakespeare의 말기극(last plays)을 통해 본 Shakespeare의 구원관」, 「*King Lear* Scandal론의 극복」, 「폴리스(Polis)와 희랍비극」, 「중세극 고찰: 유형, 상연양식, 비평을 중심으로」, "Mystery Plays: Old & New", 「말과 소리 저 너머: 『대성당의 살인』의 언어고찰」, 「비극으로서의 〈욥기〉 다시 읽기: 욥의 고난과 신의 자유를 중심으로」, 「호메로스(Homeros)의 시 세계고찰: 『일리아스(*Ilias*)』 읽기를 중심으로」, "Two Great Traditions: The Understanding of man as a background for English Literature", 「인간성 회복을 위한 전략으로서의 디지털시대의 신화와 드라마읽기」, 「한국에서의 셰익스피어 연구 조사 I, II」(윤정은 · 홍기창 · 전재근 교수와의 공동연구) 외 Shakespeare와 고전극, 호메로스와 신화 관련 논문 다수

**저서** 『그럼에도 불구하고: 셰익스피어의 인간과 세상 이야기』, *Eugene O'Neil as a Tragedian, T. S. Eliot's The Murder in the Cathedral with Introduction and Notes*

**공저** 『셰익스피어 작품해설 II』, 『영국 르네상스 드라마의 세계 II』, 『영미극작가론』, 『그리스 로마극의 세계 I』, 『영화 속 문학이야기』 외

**역서** 『리어왕』(번역주석), 『셰익스피어 비평연구』(공역), T. S. Eliot의 『대성당의 살인』(영한대역 final fifth edition 한글판 초역), E. B. White의 『샬롯테의 거미줄』(한글판 초역) 외 다수 동화 번역. "*Where the Wild Things are?*"를 위시한 캘더캇 수상작을 포함한 서양 현대 우수 그림동화 한글판 초역 소개(『소년조선』 연재)

**창작동화** 「새로 쓴 개미와 배짱이」(『문학사상』 발표)

**귀로 듣는 셰익스피어 이야기**
시각장애인과 함께 사는 이 땅의 많은 사람들—눈뜬장님들—을 위하여

초판 1쇄 발행일 2021년 4월 30일
김한 지음

**발 행 인** 이성모
**발 행 처** 도서출판 동인
**주 소** 서울시 종로구 혜화로3길 5 118호
**등 록** 제1-1599호
**전 화** (02) 765-7145, 7155 / **팩스** (02) 765-7165
**홈페이지** www.donginbook.co.kr / **이메일** dongin60@chol.com
**I S B N** 978-89-5506-840-5
**정 가** 13,000원